이 장시를 민중예술을 위해 영혼을 불사르다 서른네 살에
스스로의 생을 마감한 김용배와 이 땅의 모든 뜬쇠들에게 바친다

저, 미치도록 환한 사내

김윤배 장시집

1판 1쇄 발행 | 2021. 9. 5

발행처 | **Human & Books**
발행인 | 하응백
편집위원 | 홍신선, 김윤배, 김명인, 이승원
출판등록 | 2002년 6월 5일 제2002-113호
서울특별시 종로구 삼일대로 457 1409호(경운동, 수운회관)
기획 홍보부 | 02-6327-3535, 편집부 | 02-6327-3537, 팩시밀리 | 02-6327-5353
이메일 | hbooks@empas.com

ISBN 978-89-6078-750-6 03810

저, 미치도록 환한 사내

시인의 말

서른넷의 비의를 읽는다.

김용배의 나이다.

쇠가락에 생멸을 묻었던 예인, 그 고적함을 여기에 새긴다.

새기는 과정에서 문학적 진실을 위해

필자의 상상력이 개입되었음을 미리 밝힌다.

그의 제자로 젊은 날을 함께했던 남기수 님의 증언은

두고두고 아리고 고맙다.

김용배의 예술세계를 만나게 해준

김헌선 교수님에게도 감사함을 전한다.

2021년 9월

詩境齋에서 김윤배

차례

1. 벽 속으로 흐르는 밤안개 9

2. 맺힘과 풀림 43

3. 아련한 달빛 59

4. 도시의 밤들 73

5. 핏줄 99

6. 가슴 건너는 사람들 108

7. 젊은 연희 패거리들 122

8. 하염없는 길 139

9. 갈등, 그 아름다운 뼈 150

발문 환한, 그리고 드높은 ―김윤배 시인의 초상 164
　　　홍신선(시인·전 동국대 교수)

1. 벽 속으로 흐르는 밤안개

그날 아침 까마귀 떼 서울 하늘 날아오르고

검은 해 흥인지문 걸려 주춤거렸다

사람들 침묵으로 하루를 넘기고 나서

지하무덤으로 걸어 내려가고

스승은 무거운 침묵을 밟고 와

검은 문 앞에 서 있었다

검은 문은 벽이었다

벽에는 별빛 하나 대못처럼 박혀

푸르게 빛나고 있었다

스승은 별빛 잡고 벽 속으로 들었다

그것이 스승의 마지막 길이었다

길이 아닌 길 하늘길

아득하고 아득하여 여린 정맥 속으로나 보이는 길

공무원 아파트 작은 방은 검은 안개로 가득 차 있었다

스승은 벽으로 길을 내고 싶었다

벽은 꽹과리고

벽은 어머니고

벽은 마침내 쇠가락으로 세운 은하수였다

스승의 자존을 마지막까지 조이고 있었던

붉은 넥타이는 스승의 목덜미를 깊이 파고들었다

검은 안개 가득하여 궁창의 모습으로 변한 방안

문이 열리자 검은 안개 느릿느릿 방안을 빠져나갔다

벽에 음각으로 서 있는 스승 끌어안지 못하고 감전된 듯

붙박인 제자에게 한순간은 영원이었다

정지된 시간은 벽을 건너고 하늘을 건넜다

방안의 벽은 이미 경계가 사라지고 없었다

삶과 죽음의 경계 허물어지고

공간에는 거대한 침묵이

뜨거운 유리 용액처럼 엉기어 있었다

벽 속으로 걸어 들어가려던 스승 풀썩 무너져내릴 것 같았다

스승은 벽 속으로 들다 말고 잠깐 멈춰 서 있었다

스승은 묵묵한 눈빛으로 제자를 돌아보았다

스승과 제자 사이를 묵음의 쇠가락

강물처럼 흘러갔다

강물은 흐르다 멈추고 흐르다 멈추기를 반복했다

제자는 그 강물 몸으로 들였다

핏줄 속으로 소리 죽인 울음 터졌다

울음은 가장 미세한 실핏줄 끝

까지 퍼져나갔다

*

주검은 투명한 어둠 만들었다

스승이 만든 투명한 어둠은

모든 소리들을 삼키고 있다

도시의 소음도 경적 소리도 지하철의 굉음도

투명한 어둠으로 들어 들리지 않는다

제자는 묵처럼 엉긴 소리들 밟고

개포동 독신자용 공무원 아파트 좁은 방 건너 베란다로 나갔다

베란다에는 늦봄 초저녁 밤, 슬픔 고여 있었다

다만 조용하여, 두렵고 두렵게 고여 있던 슬픔이었다

스승의 마지막 길 지켜본 슬픔이었다

슬픔은 깊고 맑은 눈동자를 가지고 있었다

유리문 여는 순간 어둠 찢겨 비명 질렀다

비명 속에 드러나는 깨진 꽹과리

어둠 두려워 떨었던 것은 깨진 꽹과리였다

깨진 채로 버려져 있는 처참한 쇳소리들

모든 창들이, 불빛들이, 계단들이 부서져 내렸다

꽹과리는 스승이 세운 소리의 성이었다

제자 망연자실 깨어진 소리의 성을 보고 있었다

스승은 두 번 죽었다

스승은 소리의 눈동자, 소리의 영혼 깨부수고

마침내 자신을 산산조각 내고 벽으로 들었다

제자 깨어진 꽹과리 조각 주웠다

달빛 조각, 슬픈 모서리들

제각각의 소리로 울었다

제자 가슴 날카롭게 긋는

달빛 조각들

놋쇠 조각들

소리의 오묘한 조화를 숨기고 있던

스승의 꽹과리는 달빛 조각일 뿐

놋쇠 조각일 뿐

소리의 영혼은 떠나고 없었다

스승이 아끼던 징은 달빛 물고 있었다

제자는 징을 쳤다

징은 물고 있던 달빛 흩뿌렸다

스승의 모든 소리가 죽어 있었다

금과 동, 그리고 주석을 소리의 진원으로 삼아

그 오묘하고 깊은 떨림 듣고 듣던 쇳소리의 광인,

그가 스승이었다

가슴 울리는 쇳소리 찾아야 한다고

놋쇠의 진동과 여운에 몰입하던 스승이었다

벽에 걸린 족자 한 폭

無자가 주먹만 한 크기에서 콩알만 한 크기로 쓰여 있다

인간의 아름다운 욕망은

저처럼 소멸한다는 것인가

제자는 소멸하는 꽹과리를 보았다

욕망은 사물에 얹히는 진동이고 진동은

작아지고 작아져서 결국은 사라지고 만다는 것인가

스승은 욕망과 진동의 덧없는 소멸을 깨닫고

더 이상 작아질 수 없어 먼저 떠난 것인가

쇳소리 위의 서러움이었던 스승

쇳소리 위의 그리움이었던 스승
서러운 사람 있어, 스승 예맥 기억이나 할까
그리운 사람 있어, 스승 죽음 오열로나 필까

*

도시를 흐르는 밤안개 검붉게 익었다

스승이 벽으로 든 추정 시각
1986년 5월 1일 오후 8시 45분은
정지된 시간이었다
정지된 시간은 정지되어 영원이 되었다
정지된 시간은 정지되어 생명을 얻었다

검은 안개 초여름 밤
뭉게뭉게 버섯처럼 피어올라
황홀한 도시의 하늘 덮고 있었다
밤안개는 산 자의 절망과 상실을
죽은 자의 분노와 슬픔을
소리 없이 덮고 있었다
밤안개는 사람들 가슴으로 길을 냈다
길은 죽음에 이르기도 하고

생명에 이르기도 했다

*

1986년 4월 23일 새벽 2시
강남구 삼성동 무형문화재전수회관 1층
사단법인 남사당 사무실은 어둠의 뿌리 깊이 들어와 있었다
스승과 제자 마주 앉아 어둠에 익어가는
술잔 기울이고 있었다
사월, 서울의 밤은 깊게 파인 야회복 자락 들어 올려
눈부신 불빛들의 허벅지 관음하고 있었다

스승과 제자, 휘황찬란한 궁전으로 선 한강 불빛
잔물결로 무너지는 마포 쪽으로 기울고 있었다
마포의 강물 소리 잊은 지 오래인 스승,
스승의 붉은 눈빛 술잔 속에서 오래 떨었다

스승은 밤마다 악몽에 시달렸다
꽹과리가 깨지는 꿈이었다 꽹과리는
휘모리로 채어 올라가는 절정의 순간에 깨졌다
깨진 꽹과리 밤하늘 날았다
꽹과리 조각은 검은 하늘 날아 스승의 목에 박혔다

스승은 콸콸 흐르는 피를 손으로 받았다
피는 붉은 꽃술로 변했다
길 위에 꽃술 낭자했다
스승의 몸은 식은땀으로 흥건히 젖었다

누군가 나를 죽일 것 같은 두려움으로 잠을 이룰 수 없는 거다

스승은 술잔으로 탁자를 쳤다
어둠이 비명을 지르며 부서져 나갔다
제자는 스승의 붉은 눈 보았다
스승의 붉은 눈은 급류로 출렁거렸다

형, 혹 쇳소리의 혼령이 든 것 아닐까
너는 내 두려움 알 거다

스승은 대지에 숨겨진 커다란 바위였다
세상에 드러나기를 거부하는 바위는 드러나지 않은 채
풍화의 고통을 견디고 있었다
어둠도 풍화였고
안개도 풍화였고
쇠가락도 풍화였고
여인도 풍화였다

풍화는 질문이었다

스승을 풍화에 들게 한 것은 소리에 대한 끝없는 질문이었다

질문은 흘려치는 쇠가락이었다
질문은 박아치는 쇠가락이었다

질문은 스승의 핏줄 파고들었다
질문은 스승의 몸을 숨차게 돌았다
질문은 꽹과리 소리였다
스승의 굵은 팔뚝 꽹과리 소리로
용트림하는 문신이었다
질문으로 정맥이 터질 듯 꿈틀거렸다
쇠가락은 운무였다
운무 속에서 스승의 붉은 몸이 언뜻언뜻 보였다
스승의 몸은 승천을 꿈꾸는 용이었다

스승의 승천은 이루어지지 않았다
쇠가락은 용이 물고 올라갈 여의주였다
여의주는 스승에게 환상이었다
환상은 깊고 아팠다

쇠가락은 물 흐르듯 유장하여
천지 만물을 포용하고 우주의 조화를
일깨워야 한다고 믿는 스승이었다

스승은 그 것으로 좌절하고 절망했다

형, 국악원 생활 힘들어?
새로운 사물놀이패 구성으로 고민이 많은 거다

스승은 몸이 익어가고 있었다
몸 뒤에는 어둠이 있었다
어둠은 스승을 세우는 뼈였다
뼈가 삐걱거리며 스승의 몸이 크게 흔들렸다

스승과 제자는 더 젊은 날, 남사당 패거리였다
형이라는 호칭은 미더움과 존경과 연민의 언어였다

형, 앞으로 어떻게 할 생각인데?
나는 국악원에 오래 머무를 생각은 없는 거다

스승, 정처 없는 유리의 길에 들어
얼마나 신산한 잠 속에 어둠을 뉠까

제자, 술잔 차오르는 뜨거운 연민 단숨에 비웠다

도시의 어둠은 부드러워 취한 말의 허리 감돌아들었다

형, 마포로 다시 돌아가는 건 생각해보지 않았어?
한때는 그렇게 생각하기도 했었던 거다

스승은 처연히 검은 어둠 응시했다
유성 하나 스승 가슴 그으며 소멸로 드는 것이 보였다
스승 가슴 깊은 상처 위로 연한 핏물 배어 올랐다

내 예술과 그 친구들의 예술은 다른 거다
형의 예술과 어떻게 다른데?
영혼을 일으키는 거는 쇠다 그들은 이걸 거스르는 거다

도시를 질주하는 자동차의 전조등 빛 크게 회전하며
한순간 두 사람의 얼굴을 어둠 속에 부조로 띄웠다
허공에 걸린 데스마스크, 입술이 살아 움직였다

형, 쇠의 문제가 아니야, 이 판의 중심에 관한 문제야
내가 이 판의 중심이 아니라는 말이냐?
형은 스스로 중심을 이탈한 거야

스승의 얼굴이 일그러지는 것을 제자는 놓치지 않았다

세상의 중심은 언제나 더 뜨거운 자에게 옮겨 가는 것을

스승은 어찌 몰랐을까

제자는 어둠의 어깨를 짚었다

어둠도 중심이 있어

중심으로 해가 오르고

중심으로 달이 지는 걸 스승은 몰랐다

스승은 주먹 불끈 쥐었다

분노였고 노여움이었다

스승은 침묵을 기다렸다

침묵이 스승과 제자 사이에 앉았다

침묵은 부드러운 듯 완강했다

저 부드러움과 완강함이 쇠를 두드리는 것이다

두드려 소리를 생성하고 소리를 소멸로 이끄는 것이다

침묵은 두 사람 사이를 무겁게 흘렀다

별빛은 도시의 음란한 불빛에 묻혀 보이지 않았다

새벽은 전동차의 굉음을 밀며 멀리서 오고 있다

*

걸립은 낡아가는 꿈이었다

남루한 햇살이었다
남루한 웃음이었다

남루하여 서러운 가슴이었다
남루하여 정처 없는 강물이었다
그리고 가을이었다
가을 강물은 젊은 가슴 적시며 흘러들어
스승의 쇠가락이 되었다
쇠가락은 찰랑이는 강물이었다

남루함도 설레어서 젊은 피 들끓었다
스승은 걸립 마당마다 쇠가락을 열었다
쇠가락은 마음에서 마음으로 뜨겁게 건너갔다
마음에서 마음으로 신명을 풀었다
신명은 가난한 자들의 한풀이였다
그것으로 패거리들 배곯지 않게 했다

남루한 걸립 여정, 꽹과리 소리는 푸른 녹으로 지쳐갔다

쇠가락은 창백하여 신명이 사라졌다

젊은 스승 길 위에 물끄러미 서 있게 했다

아름드리 느티나무를 며칠씩 맴돌기도 했다

처마 밑에서 오래도록 빗소리를 듣기도 했다

절망한 스승, 채를 던지고 꺼이꺼이 울기도 했다

스승은 쇠가락에 피 돌기를 기다렸다

부드럽게 쓰다듬어도 쇠가락은 홀로 날뛰며

거칠게 꺾여 담장 넘는 날 많았다

쇠가락은 물길처럼 유장하지도 안개처럼 부드럽지도 않았다

그런 날은 스승의 얼굴로 검은 구름 몰려들었다

길 잃은 쇠가락은 스승, 밤 이슥 차운 별빛 보게 했다

소릿결 다투던 마포 사물놀이패였다

갈등도 질시도 아름다웠다

가락은 패거리의 자존을 눈뜨게 했다

서로 다른 소릿결 밀고 올라가는 것이 자존이었다

가락은 부딪쳐 보랏빛 멍이 들었었다

장고의 리듬이 가파르면

꽹과리의 숨소리 턱에 찼다

북소리 지축을 밀면

징소리 가슴을 움켜쥐었다

그것이 사물이었으며

그 각각의 소리가 자존이었으며

젊음이었으며

울림이었으며

신들림이었다

나는 형들이 다시 가락을 합쳤으면 하고 생각해 본 적도 있어

스승은 한동안 말이 없었다

침묵을 타고 도시의 새벽안개 밀려들었다

안개는 두 사람 가슴 지우며 흘렀다

가슴 지워지며 안개 강 유유히 드러났다

안개 강 위에 달빛 쏟아져 내리고

영원으로 가는 침묵이 어둠을 밀었다

스승과 제자의 가슴은 무거웠다

스승은 가슴에 품고 있던 녹음테이프를 꺼냈다

스승의 손끝이 가늘게 떨렸다

이거 걸어봐라 무속 가락이 남사당패를 구원할 수 있을지 모르는 거다

선생님이 이 테이프를 주신 뜻이 무엇일까를 생각해야 하는 거다

제자는 말없이 테이프를 녹음기에 걸었다

경기도당굿이었다

굿거리장단, 공간을 채워 리듬을 세웠다

도시의 어둠 경중경중 뛰기 시작했다

피로에 지친 가로등 경중경중 뛰기 시작했다

하수구로 쓸려가던 교성 경중경중 뛰기 시작했다

도시의 온갖 욕망들 경중경중 뛰기 시작했다

스승과 제자의 뼈마디들 경중경중 뛰기 시작했다

장단은 새벽안개 마주 잡고 흥겨웠다

스승과 제자 굿거리장단 따라 들어갔다

도시의 새벽은 무악으로 가득 찼다

선생님은 무악이 우리 전통음악의 원형이라고 보신 거다

나는 선생님의 원형 의지를 이 무악 들을 때마다 몸으로 느끼는
거다

스승의 목소리는 동굴처럼 울렸다

말의 마디마다 물기 스며들었다

말이 젖으면 생각이 젖었다

생각이 젖으면 사물이 젖었다

그 밤 서울의 모든 소리들은 젖고 있었다

테이프 빼거라

스승은 테이프를 받아들고 조용히 창밖 어둠 응시했다
어둠이 스승의 가슴으로 밀려왔다

이 테이프 네가 가지고 있거라
형, 그처럼 소중한 걸 왜?

제자는 이 순간의 무게를 감당 할 수 없었다
선생님의 유품 그 소리 없는 질타를 어찌 감당하라고,
제자는 입술이 타들어 갔다

내겐 너밖에 없다 넌 내게서 25년을 배웠던 거다

그때 어째서 스승의 말뜻 알아듣지 못했을까

제자는 새벽 다섯 시의 도시를,
도시의 찬란한 퇴폐를, 저 미몽의 시간을
창 너머로 보고 있느라
스승의 콧날에 서는 비장한 뜻 읽지 못했다

남사당패의 불문율, 스승 세상 떠나기 전

애제자에게 가장 소중한 유품을 남기는 일이었다
제자는 스승의 유일한 유품 넘겨받으며
마지막 유품인 줄 몰랐다
스승은 경기도당굿, 신명나는 굿거리장단에
순결한 영혼 얹어 떠나고 싶었고
꽹과리의 울림 너머 홀로 가고 싶었다

황홀한 열락의 도시 서울, 새벽안개 골목 흐르며
잠든 도시를 깨워 일상의 소음 속으로 끌고 갔다

*

공간사랑 숙연하고 처연한 무대
하늘길 떠도는 스승의 넋
영원한 본향으로 모시는 자리

뜬쇠 네 젊은 친구 그분 앞에 섰다
그분은 미소로 젊은 친구들 보고 있다

뜬쇠 네 놈이 소리를 맞췄습니다

그분 네 젊은이들의 연주를 '사물놀이'로 명명했다

마포에 근거가 있으니《마포 사물놀이패》였다

젊은 뜬쇠들의 사물은 우주 만물을 아우른다

꽹과리,

천둥과 번개를 부르는 소리다

그 소리 지금, 이 순간에도 세상 쪼갠다

그 두려운 쇳소리가 신명이며 그 쇳소리가 죽음이어서

필경은 생성과 소멸의 소리이다

장고,

세상을 깨우는 빗소리다

그 소리에 만물이 소생한다

겨울은 봄을 껴안고 여름은 가을을 기다린다

궁글채 열채 허공을 그어 즐거움과 화해를 부르는 것이다

징,

바람과 환희를 부르는 소리다

바람은 우주의 운행이며 소리의 무늬다

그 무늬가 만남이며 살아 있음의 징표다

가슴 깊은 곳에서 밀고 올라오는 기쁨이며 눈물이다

북,

구름과 눈보라를 부른다

그것이 인생이다

세상 온갖 고통을 가슴에 담아

둥둥 온몸을 울리는 것이다

가슴 둥둥 울리며 떠나보낸 세월은 헤아릴 수 없다

그분 '사물놀이'에서 무한 가능성 보았다

젊은 그들은 들뜬 소리로 말했었다

주신 이름으로 세계적인 연주가가 되겠습니다

젊은 그들은 그렇게 하나가 되었었다

오늘은 스승, 꽹과리 없이 홀로 무대에 섰다

쓸쓸한 영혼 무대 한 바퀴 돌고 나서

눈물 그렁한 사람들 조용히 출렁이는 어깨 짚어나갔다

스승의 영혼은 목이 메었다

내 소리 내어 운들 그대들 들을 수 없는 울음인 거다

스승 사랑하던 사람들

영혼의 보이지 않는 손 뜨겁게 잡았다
영혼은 다시 한 번 공간사랑,
그 뜨거웠던 무대를 오른다

첫 경험의 아리고 깊은 상처,
그렇다 공간사랑에서의 첫 연주는
혼신의 소리였기에 아린,
감동의 물결이었기에 쓰린,
깊은 상처로 남아 있다

그 깊이로 밀어 올리지 못하는 소리들
그 혼신의 단말마로 내뿜지 못하는 광기들

스승은 영혼으로 밀어 올려보고 싶은 쇠가락이었다
격정이 혹 소리를 그르친 것은 아닌지
광기가 혹 소리를 버린 것은 아닌지
스승은 영혼에게 묻는다

스승의 쇠가락이 격정의 한계를
스승의 쇠가락이 광기의 한계를
넘어서는 길이

벽으로 길을 내는 일이었다

영혼 깃들었던
꽹과리 모두 부수어 쇠가락의
음원을 파기한 것 아니던가
그것으로 애써 이룬 쇠가락 신명의 성
무너진 것 아니던가

스승, 스스로의 영혼에게 묻는다

스승, 오늘 소리의 폐허 속에 섰다
스승, 객석을 일별한다
객석에서 보는 스승은 언제나 창백하고 서늘하고 괴기스러웠다
위태로운 비등점을 향해
가열한 정신 밀어 올렸던 스승이었다

스승의 영혼 훌쩍 무대 올라섰다

젊은 스님은
스승의 혼령을 보고 있었다
쇠소리의 절망을
세상사의 나락을

젊은 날의 고뇌를

스승과 선방에 마주 앉아

밤 지새 스승의 고백

들어주던 스님이었다

들어주기만 했을 뿐, 다 내려놓으라 말하지 않던 스님이었다

젊은 스님, 몸 안으로 터지는 푸른 불꽃 보며

스승의 혼 껴안아 흐느끼며 씻고 씻었다

젊어 불쌍한 영혼아

젊어 분노한 영혼아

젊어 절망한 영혼아

향 촛대 촛불 심히 흔들렸다

늦은 만가 판소리로 불려

울었다 해금은 더 오래 울었다

울음은 쨍거랑 쨍거랑 가슴에서 가슴으로

유리알처럼 굴러떨어졌다

하늘도 나무도 바람도 울었다

　　자네

먼저 갈라는가

쨍거랑

맑은 소리

맑고도 맑은소리

자네 먼저 갈라는가

우리 모두 소리 찾아

몸 고생 마음 고생

같이도 하였거늘

어찌

진정

자네 먼저 갈라는가

쨍거랑 쨍거랑

맑고도 맑은소리

소리 찾아 만주도 밟아보고

실크로드 거슬러 가

선조 님네 소리 한번

같이 찾아보자더니

어허

자네

먼저 갈라는가
마하무드라 노랠 찾아
진정 먼저 갈라는가

가슴에 심긴 소리
쨍거랑 맑은소리
그대로 남겨두고
무심히도 갈라는가

정히 갈라 거든
소리라도 심지 말지
쨍거랑 맑은소리
그마저도 가져가지

어허
자네
홀로 그리 떠나는가

그래
먼저 가게
맑고도 맑은소리
댕그라니 놓고 가게

이승에서 못다 한 연

저승이면 어떨라고

어허

두고 가게

댕그라니 두고 가게

그래

자네 먼저 가게

휘휘

먼저 가게

쨍거랑

맑은소리

소리 따라 먼저 가게

    – 스승을 기리며 사물놀이 친구들이 부른 만가 전문

젊은 스승, 영원한 그의 길 갔다

어린 남사당으로 떠돌며

쇠가락 하나에 혼불 밝히던

쇠가락의 고뇌 쇠가락으로 풀던

스승 하늘길 갔다

만가는 늦어 스승 돌아보기나 하실는지

늦은 만가 스승 떠나보내는 노래여서

물안개 젖어 산맥 맴돌았다

산맥 아래 호수는 늘 먹먹한 스승 가슴이었다

산맥은 호수에 담겨 꽃 피고 이울고

초록으로 무거워지고

선홍으로 불타오르고

순백으로 묵묵하여

서러운 영혼이었다

*

서러운 돌무덤 찾아 나서던 길

그 길에 스승 웃음 서 있고

그 길에 스승 쇠가락 서 있고

그 길에 스승 붉은 눈빛 서 있는데

스승 젊은 가슴에

펄펄 흰 눈 내린다

돌무덤 흰 눈 덮여

스승 부른다며

언 길 나서던 스승이었다

그 길이 얼마나 허망한 길이었으며

그 길이 얼마나 서러운 길인 줄 아는 제자,

스승 헤진 발뒤축 묵묵히 따라나서던 제자였다

이름 없는 남사당 붉은 가슴 위에

거친 발자국 남겼던 그해 겨울의 남행

그 길 이다지 눈에 밟혀 먹먹한 제자다

눈발 속에 길은 부드럽게 휘고 감돌아들어

남으로 달리던 길 서운 뜰 건너 삼거리에 이른다

왼쪽으로 길 꺾으면

엽전재 지나 진천 지나 오창 지나 청주 지나 보은 지나

문경 지나 안동에 이르는 영남길

오른쪽으로 길 꺾으면

천안 지나 조치원 지나 공주 지나 부여 지나 삼례 지나

정읍 지나 담양에 이르는 호남길

모든 길들 걸립 밟던 길이니 길마다

스승 쇠가락, 젊은 날 희나리 불길이었다

쇠가락으로 잡아둔 눈빛 있었다

쇠가락으로 보내버린 사람 있었고

다시 부른 인연 있었다

쇠가락으로 공복을 채운 하루 있었고

저주스런 젊음 있었다

쇠가락으로 밟아버린 꿈이 있었고

다시 세운 세월 있었다

그 쇠가락 굽이굽이 길에 스며

계절 바뀔 때마다 풋정처럼

솟아오를 것이다

젊은 울음으로 젊은 웃음으로

솟아오를 것이다

마음은 이미

펄펄한 눈발, 골짜기 지우고

청솔 숲 지우고

마침내, 차령의 산줄기와 하늘의 경계를 지웠다

산새 떼 허물어진 경계 선회하며

분분한 눈발 흩는데

그 많던 소리들은 어디로 갔는가

깊이를 알 수 없는 회색의 구렁,

소리들 사라져 죽음 같은 침묵만이

천지에 가득한데

산새 떼 지워진 골짜기 날아올라

소리들 사라진

천지간 침묵의 가슴으로

몸이 눈물인

제자 가슴으로 든다

준령 덮은 흰 눈

부드러운 곡선의 산, 산, 산들

세상은 흰색과 회색의 첩첩한 채도 속으로

침묵의 나무들, 침묵의 바람들, 침묵의 눈발들

한 풍경을 이룬다

풍경 속에 제자 있다

제자 가슴 비로소 따사로워지고

산새 떼 파닥이는 작은 날개들

흰 골짜기 얹혀 환해진다

산새의 작은 날개에 얹혀 환해지는 세상

환해지는 스승의 영혼

쨍거렁

맑은소리

맑고도 맑은소리

자네 먼저 갈라는가

늦은 만가 제자 가슴을 친다
젊은 소리꾼 떨리는 목울대에 제자는 시선을 꽂는다
공간사랑 스승의 영혼 휘이휘이 날아오른다
제자 붉은 눈으로 별빛 쏟아진다

제자 가슴 속 새 떼들 날아오르고
공간사랑 가득 새 떼들 날아오르고

새파란 쇠가락 솟아오르고
솟아올라 분분한 눈발로 흩어지는데
쇠가락은 몸이며 혼이고
쇠가락은 부름이며 열반이어서
차령산맥 꿈틀 앉음새를 고쳐 앉았다

차령은 온통 꽹과리 소리의 운우에 묻혀
눈발 속에 지워졌다가는 살아나고
살아났다가는 지워진다

스승의 쇠가락에 젖가슴 풀어헤친 무수한 여인 있었다
여인들은 무수한 가락의 각기 다른 음원이었다

가슴에 심긴 소리

쨍거랑 맑은소리

그대로 남겨두고

무심히도 갈라는가

정히 갈라 거든

소리라도 심지 말지

만가는 공간사랑 깊이 고인 슬픔 끝없이 흔든다

쇠가락 분분하게 흩날린다

스승은 분분한 눈발로 쇠가락 흩고 있다

어두운 세월 저렇게 흩고 있다

스승 감당할 수 없었던 시간들

저렇게 부수어 흩고 있다

세상 거역한 시간들 저렇게 흩고 있다

                              *

맑은 영혼의 쇠가락

쨍거랑 맑은 울음으로 넘어지는

마침내, 공간사랑

스승 흘려 치는 꽹과리 소리

공연장 휘돌아나가는

천둥 같은 물소리이다가

자지러지는 품속이다가

불붙어 타오르는 불꽃이다가

흔들리는 촛불이다가

고즈넉한 어둠이다가

펄펄한 눈발 속의 저 숨 막히는 눈빛

무아경의, 신들림의 저 고통스런 평화로움

펄펄한 눈발 속 차고도 뜨거운 연희마당

어허

자네 먼저 가게

휘휘

먼저 가게

쨍거랑

맑은소리

소리 따라 먼저 가게

공간사랑 모든 조명 꺼지고

향 촛불 두 개 스승의 넋 오래 흔든다

*

스승은 하늘길 갔다

쇠가락 하염없이 흩어지던 검푸른 길

스승의 그 길은 죽어서 가는 산 자의 길

쇠가락 겹겹 물소리 겹겹 바람 소리 겹겹

걸립길 하늘길

어허

늦은 만가

섧고도 섧은 만가

이승에서 못다 한 연

저승이면 어떨라고

어허

늦은 만가

듣고 가세

입고 가세

훠이훠이

입고 가세

별빛 하나 소리 벽에 박혀 파르르 떨고 있다

2. 맺힘과 풀림

그 밤, 스승은 소주병 속으로 길을 냈다

새벽 2시부터 시작된 통음의 자리였다

맑은 취기는 분노였거나 한탄이어도 좋았다

풀어진 마음이 새벽안개에 밀려가고 밀려왔다

아우야, 소주 향이 쇠가락이라면 좋을 거다

변하지 않는 소릿결과 울림의 매혹이 소주 향에 있는 거다

스승은 흐려진 자신의 눈빛을 본다

핏발 선 눈빛은 붉다

실핏줄마다 작은 강물 흐른다

강물 붉다

내 눈이 흐렸으니 세상이 흐려진 거다

내 눈이 흐렸으니 내 소리 흐리지 않을 수 없는 거다

옆에 두고 싶은 소리, 옆에 두고 싶은 웃음을

아니다, 내 안에 일으켜 세우고 싶은 쇠가락의 제국을
내 안에 일으켜 세우고 싶은 실크로드 그 오묘한 소리의 왕국을
아우야, 너 알 거다

술잔 느리게 두 사람 사이 정령의 불빛으로 건너다녔다

새로운 소리의 울림이 진정 존재한다는 말인가
새롭다는 것은 인간의 영역은 아니지 않은가
새롭다 한 쇠가락은 어디에 있는가
전통의 가락과 어떻게 조화로울 수 있는가
누군가 언젠가 밟고 간 길 다시 밟는 것은 아닌가

스승은 스스로에게 묻고 물었다
물음은 화인이었다
뜨겁게 아프고도 아렸다

스승의 화두는 쇳소리에 대한 끝없는 질문이며
소리에 대한
공기의 진동과 파장에 대한
보이지 않는 것의 보이는 것에 대한
세상의 근원에 대한
마침내,

우주 만물의 섭리에 대한

물음이었다

스승은 어둠의 동굴을 지나, 고뇌하는 밤의 끝

전통의 낡은 쇳소리 속에 숨어 있는

저 파격적인 울림을 듣겠거니

파격은 격을 뛰어넘는 쇳소리의 울림이겠거니

농악 가락의 파격, 예부터 신명으로 왔다

농악마당 어깨 들림이 파격인데

새로운 소리, 새로운 농악, 새로운 판은

광기로 오는가

발작으로 오는가

혹은 사랑으로 오는가

혹은 분노로 오는가

스승의 분노는 가슴 깊은 곳에서 밀려오는 먹구름이었다

먹구름 속에 숨겨둔 천둥과 번개를

젊은 스승 어찌 다스릴 수 있었을까

천둥은 스승의 생각을 뿌리째 흔들어

우루루루 무너지는 뼈마디를 보았다

번개는 스승의 가슴 한순간 환하게 갈라
순간이 영원을 갈아치우는 모습 보았다

제자는 스승의 가슴에 터지는 천둥과 번개에
몸서리를 쳤다

저 우루루루 무너지는 스승의 가슴이 어디로 넘어박힐지
아는 제자여서 몸서리로도 다할 수 없었다

형, 이제 그만 마셔요 취했어

제자는 스승의 분노 슬며시 밀어놓았다
스승 불 술 한 잔 단숨에 비워 가슴 다시 태운다
스승 가슴에 타는 불꽃 파랗게 눈 뜬다

아우야, 가락이란 뭐냐? 그건 호흡인 거다
한 가락에서 다음 가락으로 넘어가려면 한 호흡이 있어야 하는
거다
청중들은 3분이나 5분 만에
사물놀이 한 마당을 끝내라는 거다
나는 이 요구가 역겨워서 견딜 수가 없는 거다
공연 중에도 줄곧 이 생각에 매달리는 거다

그러니 내 공연이 뜨겁고도 차가울 수밖에 없는 거다

스승은 느릿느릿 말을 이어갔지만 단호하고 결연했다
스승은 세상의 온갖 소리들을 단숨에 꺾고 싶었다
쇳소리의 옹골찬 울림 부수고 일어서고 싶었다
부수어 다시 세우고 싶었다
제자는 희붐한 새벽 빛 속에서
스승의 처연한 표정에 흐르는 붉은 강물을 본다
대리석 얼굴에
챙강챙강 금가는 소리 듣는다
날카로운 금 사이로 달빛 부서져 내리는 소리,
달빛 소소소 떨리는 소리 듣는다

*

불은 스승 가슴 푸르게 타올랐다
쇳소리가 불이었고 쇠가락 솟아오름이 불이었다
불 속에 황금빛으로 익어 떨고 있는
쇠가락의 원형 아름답게 빛나고 있었다

스승의 금쇠, 깊은 밤 홀로 우는 날 많았다
스승은 높고 맑게 우는 금쇠, 금이 들어간

꽹과리를 즐겨 쳤다

중요한 연주에는 언제나 큰 금쇠를 들고 무대에 섰다

금쇠는 아무나 다룰 수 있는 꽹과리는 아니었다

쇠가락 윤기 나면 끝장인 거다

쇠가락은 굶주려야 하는 거다

목말라야 하는 거다

늘 채워지지 않는 갈증이

쇳소리 맑게 하는 거다

스승은 제자를 깨우쳤다

아니다 스스로를 깨우쳤다

어둠 겹겹 별빛 한줄기 보이지 않는

검은 하늘은 끝내 침묵이었다

방짜 꽹과리 속으로 뻗어간

청동의 녹을 마시는 스승이었다

스승 가슴 속으로 뿌리 뻗어가는 가락의 푸르른 녹은

소리 없는 부식의 황홀한 파멸이 이끄는 어두운 매혹이었다

스승은 언제나 청동 부식의 두려움 앞에 떨고 있었다

스승은 초인이고 싶었다

쇳소리를 깨고 나와 쇳소리 겹겹의 고뇌를 넘는

초인이 되어 세상 모든 쇳소리 아우르고 싶었다

한생, 소리에 얹혀

독약 같은

죽음 같은

달고 아름다운 몽환과 환희의 꿈 펼치고 싶었다

사신 미소 지으며

스승의 볼에 입 맞춘 시각은 언제인가

스승은 사신의 미소를 기꺼이 맞았을까

한 치 시멘트 못에 저 육중한 몸이

한 주일 동안이나 매달려 있었다니,

벽 속 스승의 오른팔 유난히 굵었다

30여 년 동안 두드린 꽹과리 소리

하늘로 사라지지 않고

스승의 팔뚝으로 숨어들어

저처럼 꿈틀거리는 근육 이루고

자신의 몸에 소리 궁전을 만들었던 것이다

방바닥과 한 치의 공간을 이루며

하얀 발 공중에 매달려 있는 스승,

저 한 치의 공간이 스승 건넌 죽음의 계곡이었다

자신의 목에 마지막 생명줄 걸며

스승은 얼마나 고적했을까

스스로의 목에 넥타이의 매듭을 거는 순간의,

발이 생명의 지표로부터 이탈하는 순간의,

그 아득함을

스승은 어찌 견디었을까

스승은 분신이던

금쇠의 비명 일으켜 세우며

무엇을 꿈꾸었을까

제자는 비명으로,

분노로 일어서는 쇳소리 들었다

황홀한 독침 같은 쇳소리 들었다

스승은 떨치고 일어선 것일까

들리지 않는 함성으로 일어선 것일까

들리지 않는 쇳소리로 일어선 것일까

*

누가 스승을 묶었던가
누가 스승을 풀었던가
스승 스스로 묶고
스스로 풀었던 생이었다
무엇으로
하늘 떠도는 영혼
위무할 수 있다는 것인가
발인제에서
노제에서
제 설움에 겨워 통곡하던
사람들, 가슴에 숨겨두었던
사연은 어찌 그리 많던가

스승은 스스로 소리의 질곡 풀었다
스승은 스스로 소리의 어둠 풀었다
가락의 맺힘과 풀림이 스승의 삶이었다

*

스승 벽 속으로 보내고 제자는 물끄러미 남산 보았다
남산 신록 보며 지그시 입술 깨물었다
스승 외로움의 순간 이기고

쇳소리들의 피눈물 듣는 애원 뿌리치고
조용히 벽 속 길 떠난 시간은 언제인가
스승의 운명의 시간이여

육신 훌훌 벗고 벽으로 든 지 일주일
아무도 거두는 사람 없는
자신의 헌 육신 내려다보며
스승 넋은 얼마나 서글펐을까

그때 이미 스승은 자신의 헌 육신
한강 붉은 물길에
떠내려 보내고 있었던 것은 아닌지
자신의 시신을 떠내려 보내며
울울한 소리의 숲을 보며
스승 넋 홀로 달래고 있었던 것은 아닌지

*

제자 슬픔의 힘으로 계절을,
아득한 소리를 밀고 온 지 30여 년

밤마다 마주치는 스승의 붉은 눈빛은

스승이 제자 가슴에 세우는 소리의 사원이었다

소리의 사원은 스스로 낡아갔다

겨울은 능욕처럼 왔다

낡아가는 쇠가락 위에 눈 쌓이고

사람들은 바튼 기침으로 비웃었다

눈은 쇠가락에 내리기 전에 이미 더렵혀져 있었다

형, 이제 눈 감아도 좋을 만큼

세월 흘렀으니

형을 받아 흘러간 한강물

서해 검푸른 영혼의 깃발로 낡아갔을 터

제발 나를 놓아주구려

형에게 씌운 세월 피멍이었소

이제 형의 나이를 훌쩍 뛰어넘어 초로에 든 제자를, 아니

아우를 놓아줄 수 없겠소?

놓는다는 것은 서로를 풀어 은하의 품으로 보낸다는 뜻이다

은하 속으로 소리 없이 천만년 흘러

미움도 원망도 사랑도 집착도 흐린 별무리에 밀어 넣고 싶었다

별무리 속에서 다른 별빛으로 살아 있게 하고 싶은 제자였다

이번의 출행으로 나 형에게서 놓이고 싶소

남행은 유리걸식의 궁핍한 유랑이어서

설움 위에 설움을 쌓는 길이었소

쇠가락인들 어찌 목메지 않았겠소

출행은 설레는 꿈의 길이었소

연분홍 꽃길 위에 꽃길 놓는 길이어서

쇠가락인들 어찌 그리운 사람, 그립지 않았겠소

돌아다보면 연분홍 설움

내 메마른 핏줄 돌고 돌아

나, 형 떠난 이승 처절하게 떠돌았소

형의 쇳소리 사라진 이승은

내게 사막이었소

나, 늙은 낙타로 달빛 별빛 부수며

침묵을 모래처럼 밟고 걸어온

진저리치는 길이었소

제자의 독백은 동굴처럼 깊은

그의 가슴에서 울려 나왔다

독백은 은하를 오르는 길이었다

독백은 길의 시작이었으며 길의 끝이었다

독백은 사막의 지하를 흐르는 물길이었다

독백은 사랑이 이루는 절망의 다리였다

형, 이 펄펄한 눈발 보고 있소?

살아생전 형의 마음 저랬소

분분하게 흩어지는 눈발 속에

형의 분분한 마음 얹혀 무한 창공 떠돌았소

형의 정처 없음으로 아우의 가슴 저미오

이 분분한 길이 반세기 전 형과 함께 걸었던 길이오

그 길 나 살아남아 홀로 가고 있소

분분한 눈길에서 스승의 분분한 쇠가락 만날 수 있을는지

제자는 분분한 눈발 속에 스승 쇠가락 찾는다

어디서 느리게 울리는 쇠가락 들린다

쇠가락 분분한 눈발 헤쳐 여인처럼 온다

환청이라면 귀를 막고 싶은 생생한 쇠가락이다

거친 눈발 사이를 미끄러져 날아오는 쇠가락은

여운이 길고 아득하다

쇠가락 마침내 눈발 올라 눈발 흔든다

눈발이 쇠가락에 놀라

난분분 사방으로 흩어진다

스승 남기고 간 무악의 무게

제자에게 버거웠다

무악 채록된 테이프는 밤마다 듣는 스승의 노기 띤 음성이었다

스승의 붉은 눈빛이었다

제자에게 무악은 절벽이었다

무악에 가락의 원형이 들어있을 거라는 스승의 말은

제자에게 금 간 꽹과리 소리였다

제자 분분한 눈발 속에 스승의 쇠가락 흩는다

쇠가락보다 먼저 눈발 난분분 흩어지며 들리지 않는 비명이다

하늘의 뜻이라면 스승에겐 가혹한 뜻이었다

가혹하여 눈부신 계절에 스승 보냈으니

신록 아니었다면 제자의 눈물

그처럼 흔하지는 않았을 것이다

온갖 살아 있는 잎들이 영역을 넓혀

햇살의 자리를 더 크게 마련하며

잎잎마다 찰랑대는 오월의 빛살을 받아내

새로운 영토를 마련하는 계절에

스승은 절명의 노래로 오월의 찬란한 햇살

거부하며 모든 음계를 파기했다

제자 가슴 속에서 쇠가락 죽었다

아니다, 한 쇠가락 죽고 한 쇠가락 태어난 것이다

한 쇳소리와 한 쇳소리 어우러져

슬프고도 아름다운 가락으로

새 푸르름의 세상 열 수는 없었던 것인지

제자에게 그날의 기억은 온통 신록의 슬픔으로 선명하다

연초록의 세상 점점 무거워지고

무거워진 잎잎들 붉게 물들 때 비로소 욕망 내려놓으며

가볍게 세상 버릴 채비하던 나무들

계곡 빼곡히 들어찬 교목들 관목들

침묵의 가지들 빈 하늘 늘어뜨려

묵묵함으로 겨울 맞던 산, 산, 산이었다

차령 기슭으로 꿈결처럼 사라지는 길이다

펄펄한 눈발에 스승 젊은 목소리 묻으며

스승 서러운 가락 묻으며

홀로 걷는 길이다

길은 이다지 아리고 차고 서러운 것을

길은 이다지 아득하고 깊고 가파른 것을

길은 이다지 정처 없고 떨리고 외진 것을

이제는 길의 슬픔도 아련한

차령으로 드는 길

스승 가슴 길이어서

눈발이 지우고 세우기를 거듭한다

풍물 가락 치렁치렁 펼쳐진 산맥들

계곡계곡 펄펄한 별리의 눈발이다

저 눈발 멎으면

챙거렁 푸른 겨울 하늘 터질 것이다

챙거렁 스승 푸른 가슴 터질 것이다

3. 아련한 달빛

스승이 자신을 먼 별에서 이곳까지 불러준

아버지를, 아버지의 풋된 사랑 이야기를 꺼낸 곳은

걸립에서 돌아오는 만추의 금강이었다

강물은 스스로 여위어 숨소리를 낮추고 있었다

햇살이 엉덩이가 여물지 않은 송아지의

부드러운 털을 어루만지는 저물녘이었다

아버지는 김 아무개라는 예명으로

충무로를 누비기도 하고

유랑극단 단원으로 전국을 떠돌기도 한 거다

나는 아무래도 아버지의 피를 받아 역마살이 낀 거다

도화살도 아버지 피를 이은 거다

스승의 깊고 맑은 눈빛이 저문 강물에 얹혀

하염없이 흘러갔다

강물은 어두워지는 마을을 감돌아 나갔다

스승은 아버지의 멀고 아득했던

길을 더듬었다

아버지의 몸에서는 언제나 바람 냄새가 나는 거다
어머니는 아버지의 바람에 질려 있었던 거다
그래도 지극히 남편을 섬겼던 거다

스승의 흐려지는 눈빛이 석양빛을 잡아두었다
스승의 조각 같은 얼굴이
붉은 노을에 물들어 신전처럼 아름다웠다
도화살도 그런 도화살이 있던가
어딜 가나 여인들은 스승의 쇠가락에
아니, 조각 같은 얼굴에 몸살 앓았다
스승의 주변에는 언제나
안개 여인들 서성거렸다

유랑 광대는 유랑 광대의 생이 있는 거다
유랑 광대의 사랑은 달빛 같은 거다

스승은 한 여인에게 머물지 않았다
여인의 체향 쇠가락 물들기 시작하면
달빛 흐드러진 길 홀로 밟았다
스승은 길 위에 여인의 숨결 새겼다

스승에게 최초의 모항은 한 살 연상이었다

그녀는 스승의 나이 열여덟 걸립 길에서 만난

풋사과였다 풋되어서 쌉쌀하고 비릿한 모항이었다

아릿함만으로 최초의 모항을 다 말할 수는 없다

아릿함은 작은 우주여서

세상 온통 달았으며 붉은 입술에서 별무리 뜨고 졌다

길고 가는 손가락 끝에 사내의 열정 올려놓을 줄 아는

풋된 모항에는 등대가 없었다

비바람 치는 밤 스승은

모항으로 돌아오는 뱃길 잃었다

아릿함으로 스승을 묶었다 풀어준

스승의 모항은 이름 모를 바다로 떠났다

그 밤 번개 모항 치고 나가 정박 중인 배들 갈랐다

어머니 보랏빛 몸길을 나는 숨차게 걸었던 거다

어머니 몸길은 언제나 목숨 걸고 걸어야 하는

핏길이었던 거다

아버지 바람처럼 다녀가고 나면

몇 년이고 소식이 없었던 거다

어느 날 아버지는 느닷없이 세상을 버렸던 거다

내 어머니는

어린 것들 이끌고 서울로 올라왔던 거다

관악구 난곡동, 그때는 낙골이라 불렀던 거다

빈민들이 모여 사는 찢어지게 가난한 동네

그곳에서 나는 어린 날 보냈던 거다

아이들 울음소리와 에미들 악다구니가

좁고 불결한 골목 넘쳐흘렀다

애비들은 밤마다 술판 벌이다 삿대질 날렸고

거친 사내들은 마누라를 개 패듯 팼다

철이 든 형들 도둑질했고

어린 여자애들 껌 팔았다

젖무덤이 탱탱한 누나들

밤마다 짙은 화장으로 외출했다

가난은 비굴한 웃음이었으며 수치심은

밥 위에 있지 않았다

가난한 사람들은

늘 몸이 붉었다

먼 기억에서 돌아온 스승은

어둠을 응시했다 어둠 속에서

스승의 눈은 늑대처럼 번들거렸다

스승은 늑대의 붉은 눈빛으로 세상을 건너고 있었다

스승의 불타던 눈빛 그윽해지고,

깊은 눈빛 속으로 구름 흐르고 바람 분다

어린 날 행복은 소낙비 후의 무지개였다

무지개를 잡으러 고개를 넘었던 제자였다

제자에게는 아버지가 둘이었다

남사당패에서 만난 아버지는

넘지 못할 산맥이었으며

쇠의 소릿결을 소릿결로

여인의 마음결을 마음결로

그리하여 세상의 무늿결을

무늿결로 알게 한 사내였다

형, 나는 길에서 태어나 길에서 자랐소

길이 고향이고 길이 내 어미요

형, 내게 뼈를 준 사람 보면 하염없이 눈물 났소

길은 어미의 사타구니고 길은 아비의 새벽 강물이었으니

누굴 탓 하겠소

세상 모든 길은 스승과 제자의 가슴으로 들어

설레는 시작과 허망한 끝을 보였다

길은 희거나 검었다

검은 길 위에서 검은 길이 태어나지 않았다

흰 길에서 흰 길이 태어나지 않았다

길은 생명이었으며 길은 죽음이었다

젊은 그들의 길은 살아 죽은 자의 길이었다

아니다 죽어 산 자의 길이었다

*

스승은 하루 종일 음산한 산동네 들개처럼 쏘다녔다

골목은 구불구불 했으며 산동네는 지린내로 살쪄가고 있었다

꿈은 공동화장실에 쑤셔박히기 일쑤였다

초침은 분침보다 느렸으며 분침은 시침보다 느렸다

녹아 흐르는 태양 같은 시간을 스승은 밀고 갔다

어린 스승에게

시간은 환희였으며

시간은 제 피를 핥는 고통스런 쾌감이었다

스승의 유일한 동무는 그림자였다

그림자 속에는 구름도 있고 바람도 있고 가락도 있었다

그림자 속에는 학교 길도 있고 조회 시간도 있었다

그림자 속에는 시소도 있고 풍금 소리도 있었다

일 년만 지나면 풍금 소리를 듣게 된다고 어린 스승은 설렜다

그 일 년이 너무 멀어 초조한 어린 스승이었다

어린 스승은 그림자 왕국의 왕자였다

그림자가 도열하고 그림자가 부복하고 그림자가 노래했다

그림자를 두드리면 장고가 울었다

그림자를 두드리면 꽹과리가 웃었다

어린 스승은 그림자를 두드리며 왕국의 낡은 거리를 수없이 돌았다

호위병도 없이 어깨 들썩이는 신명으로 돌았다

스승의 여린 핏줄에 장고가락, 쇠가락 돌고 돌았다

가락은 파르스름한 정맥으로 솟아

창백한 팔 다리를 흘러

뭉게구름이 되기도 하고 먹구름이 되기도 했다

스승은 웃음도 창백했다

스승의 창백한 웃음 위로

꽃잎 흩어지고

구름 흘렀다

복숭아뼈 자라며

하늘은 언제나 노랗게 시들고 있었다

*

패거리 벗어나 스승 홀로 쇠를 쳤다

스승은 쇠가락이 세상의 전부였다

스승의 쇠가락은 마음 속 뜨거운 불길이었다
그 불길 속으로 연희자들
따라 들어오지 못하면 속불꽃 파란 분노였다
활화산이었다 용암처럼 치솟는 스승의 분노
다스릴 수 있는 건 쇠가락이었다
스승의 쇠가락은 분노였으며 용서였다

걸립패 풍물은 엇박에 쓰러지거나
순박에 뒤엉켜 비틀거려
스승 창백한 얼굴 번개 긋고 지나갔다

꽹과리는 벽에 붙여도 돌아왔다
벽에 붙인 술잔은 돌아오지 않았다
벽은 스승의 붉은 눈빛이었다
벽은 스승의 거친 숨소리였다

그리고는 후회했다
후회는 계곡물처럼 빠르고

참회는 달빛처럼 깊었다

스승의 피는 늘 비등점에 놓여 있었다

스승 달빛 잡고 우는 걸

스승 바람 잡고 우는 걸

제자 몰래 보았다

제자 볼 위로 달빛 흘러내리고

제자 가슴으로 바람 쓸려나갔다

달빛 흘러간 자리 쓰라렸다

바람 쓸려간 자리 쓰라렸다

쓰라림은 울음이었다

울음은 스승의 돋움이었다

*

걸립패 청주 지나 보은 가는 길은 구름길이었다

노령은 뭉게구름 허리에 걸쳐놓고

젊은 사내들 들뜬 마음 넘겼다

젊은 사내들 마음에서

쇠가락의 결

장고 소리의 결

북소리의 결 붉게 묻어났다

구름 위에 펼쳐진 젊은 사내들 마음속 소리들의 결은

스스로 서러워 바람과 폭우로 술렁였다

걸립마당은 웃음 질펀했다

형, 취했어?

보은은 사당 년 속곳으로도 술 마실 수 있는 땅인 거다

쇠가락에 바람 든 거 형 알아?

소나무도 벼슬을 하는 권력의 땅인데 바람이라도 들어야 하는

거다

연희는 여인들 허리를 넘고 있었다

사내들 입술이 붉은빛으로 익어갔다

스승은 조용히 쇠를 치기 시작했다

비나리처럼 시작한 스승의 가락

진양조에서 중모리로 중중모리에서 자진모리로

마침내 휘모리에 이르러

스승의 쇠가락은 산맥처럼 일어서고

산맥처럼 넘어박혔다

스승의 쇠가락은

펄럭이며 찢기는 깃발이었다

마음속 소리의 결들은

깃대 끝까지 오르기를 수백 번

스승의 창백한 얼굴에 도화 피기 시작하면

연희는 한마당을 넘는 것이어서

골목 가득 웃음 자지러지고

여인들 행주치마 속으로 두 손 감아쥐었다

                              *

보은은 온통 들끓는 마음들의 난장이었다

스승은 그 밤, 외속리길 새벽 되도록 걸었다

외속리길 푸르른 솔숲 가득 달빛이었다

솔숲 달빛 길은 예감으로 가득 차

젊은 상쇠 달빛 젖어 떨게 했다

달빛은 어머니였다

달빛은 난곡동 산동네

새벽 자지러지는 갓난아이 울음이었다

달빛은 세상 멀리 떠나온 젊은 사내들

침묵이고 흐느낌이었다

길 위의 밥이, 밥이 아니라는 걸

너무 일찍 알아버린 젊은 사내들

밥의 그리움은 일 년 내내

잦아들지 않았다 잊혀진 어머니의 밥이

그리움이었다 눈물이었다 흐드러진 풍물 가락이었다

*

걸립패는 보은 떠나 상주 땅 밟았다

스승 나이 스물, 이마에 정맥 파라스롬한 시절

비릿한 인연은 시작되었다

그녀는 스승 거들떠보지 않았다

형, 누나 마음 변했나 봐

여자란 스스로 차오르고 스스로 기우는 달빛인 거다

스승은 그녀, 열아홉에 만난 시리고 환한 물길이었다

스승은 그녀 가슴에 지난한 꿈으로 자랐다

세상의 모든 소리들이 저, 미치도록 환한 사내

손끝에서 발원한다는 생각에

그녀는 소름 돋았다

환한 사내 쇠가락은 녹자근하고 달콤하고

애닯고 서럽고 눈물 났다

그녀는 환한 사내 쇠가락을 여린 가슴에 새겼다

그녀에게 사내 쇠가락은 부름이었다

사내 그윽한 미소였다

억센 손아귀였다

걸립은 상주 장터를 왁자한 웃음 위에 놓았다

건어물점 철물점 지물포 상포 대폿집 자전거포 포목점 석유집
식품점 문방구 중국집 국밥집 화장품가게 옷가게 쌀집 국숫집 신
발가게 이발소 미장원 푸줏간 채소전 쇠전
점포마다 마당 밟고 덕담 주고 웃음 주었다
장사 시샘 보시 시샘 점포마다 그득그득 돈이었고 쌀이었다

스승의 꽹과리 신들린 듯 장터 울렸다

그녀는 빈 식탁 닦고 닦았다 식탁 위에 사내의 얼굴 어렸다

그녀는 식탁 위로 떨어지는 눈물 손바닥으로 훔쳤다

사내 쇠가락 그녀 붉은 가슴 휘젓고 골목으로 달아났다

낙동강 변 모래톱 끌어안고 강물 소리

가슴으로 부르던 날 몇 날인지

뜨거운 남자 뜨거운 쇠가락 몸으로 녹아들었다

남자는 우람한 어깨를 흔들고 있었다

달빛 출렁이고 있었다

*

고갯마루에 흰 구름 걸려 있었다

고갯마루에 눈웃음 걸려 있었다

풋콩 넣은 햅쌀밥 고봉으로 담아주던

그녀 입술은 달차근했다

아련한 달빛, 그녀는 물소리였다

젊은 스승 허리 달빛 감기고

장터 야트막한 지붕들 다소곳이 밤으로 들었다

창 밝히던 불빛 하나둘 꺼지고

숨결 조용하던 물소리 달빛 출렁이며 새로운 세상 열었다

풋사랑의 풋달빛 풋물소리 밤 이내에 잠겼다

상주의 새벽은 젊은 스승 풋가슴에

눈웃음으로 밝아왔다

4. 도시의 밤들

길은 남도 향해 달리고 길 위에

옥천이나 영동, 금산이나 무주를 낳았다

낯선 지명은 언제나 설렘으로 왔다

낯선 지명은 언제나 서러움으로 갔다

지명 위에 스승 어린 날은 쓰러져 잠들었다

낯선 지명 위에서의 잠은 엷어서

바람 종이꽃술 지나가는 소리에도 깨어

어린 스승 눈물 바람 많았다

눈물 바람은 대숲 같아서 일 년 내내

사운사운 울었다

어린 스승 정강이뼈에 대숲 깊은 울음

고여 술렁이고 술렁였다

*

화주는 연희 패거리의 상징이었다

징이었으며 북이었다

장고였으며 꽹과리였다

숨소리는 두드림이었으며 가락이었다

화주는 눈빛으로

영롱한 소리를 불러오는 영매였다

화주는 단원들 밥이었으며 꿈이었다

집집마다 액운 막아주는 연희로

쌀말이 나오고 돈이 실린다고

드러내 웃는 법 없는 한량이었고

빈손이라 실망하는 법 없는 넉넉한

품이었다 품은 늘 따뜻했다

화주에게 식솔들은 마당이었다

따뜻한 방이었으며 마음이었다

화주는 어려서부터 쇠를 쳤다

어린 스승은 화주에게서 쇠를 배웠다

어린 스승의 쇠는 옹골찼다

어린 스승에게 화주는 산맥이었다

아버지였고 스승이었고 동무였다

쇠가락 속으로 어린 스승 끌고 들어가면

하루가 순간이었다

화주는 시간을 접고 펼 줄 알았다

시간은 어린 스승에게 빠르거나 느렸을 뿐
어둡거나 눈부시지 않았다 어린 스승에게
시간은 쇠가락이고 시간은 밥그릇에 남은
숟가락 자국이고 시간은 어머니의 미소였다

화주는 연희 판에서 더러 쇠를 잡았다
신명은 핏줄 퉁겨 오르는 매혹이어서 견디기 어려웠다

시간은 쇠가락 당겨놓았다
스승은 흰칠하게 커 부쇠를 잡았다
스승 쇠가락은 바람의 차가운 뼈들 풀어주는
신명 바람이었다 사람들 어깨 들먹이는 주술이었다
그런 날 화주는 더욱 질펀한 신명이었다

어느 날부터 스승은 화주 대신 상쇠를 쳤다
스승의 쇠가락은 천둥처럼 번개처럼 가슴에 박혔다
스승의 쇠가락은 지신을 맞고
용왕을 부르고 조왕신을 달랬다
스승이 상쇠 치는 날이면 제자는 부쇠 칠 수 있었다
스승과 제자의 짝쇠 가락 기막히게 조화로왔다
서로의 소리를 더듬는 애무였다가
절정을 행해 달려 나가는 운우의 정이었다

*

화주는 헛웃음으로 세월 흘려보냈다

세월은 여름 강이었다

여름 강은 흐린 달빛 허리 감았다

여름 강은 젊은 스승 꽹과리에 고여 찰랑였다

스승 꽹과리 울 때마다 여름 강은

붉은 물보라로 솟구쳐 서녘 하늘로 달아나는 걸

스승은 보았다

여름 강은 쓰리고 아팠다

*

화주는 유랑의 거친 생 위에,

하염없는 길 위에 쓰러졌다

스승은 제발 세상 미련 없이 놓으시라고 울었다

울며 화주 가슴에 세상 분노를 덮었다

화주 평생 닳게 한 수많은 길

숨차게 더듬어 가며 길마다 눈물이며 회한인 병상은

닿을 수 없는 길이어서

병 깊은 눈빛으로 스승 말없이 바라보았다

양아버지로 같은 길을 걸었던 세월은

돌아다보고 돌아다보아도 남루했다

아버지 제발 세상 미련 없이 놓으시지요

화주는 주르르 눈물이었다
스승은 아버지 가슴에 쓰러졌다
회한이었다 참회는 멀고
이승의 안타까운 이정표 끝이 보였다

아버지 고향 흙은 아직도 따뜻할 겁니다

스승 기댄 병실 문이 미세하게 흐느꼈다
병실 복도의 불빛 아득했다

제자는 제주의 바람 속에서 일 년을 보냈다
양아버지 화주를 떠나 있던 세월이었다
그 세월을 외로웠다고 말할 수 있을까
꿈자리 사나운 날이 며칠 계속되어
제자는 화주의 병실을 찾았다
스승과 엇갈린 길이어서
병실에는 사신이 화주의 쓸쓸한 눈빛을
지키고 있었다

아들아, 아버지가 힘든 길을 떠난다
황도를 먹게 해다오

사신은 길을 재촉하고 있었으나
아버지는 황도를 원했다
화주의 또 다른 양아들인 스승은
화주의 임종을 지키지 못했다
제자는 황도 시원한 물 세 수저를
화주의 멀고 먼 황천길에 뿌렸다
화주는 입에 든 수저를 어금니로 깨물며
사자를 따라 나섰다
제자는 아버지를 목메어 불렀다

아버지는 돌아다보지 않고 길을 떠났다
그 길이 얼마나 먼 길인지
그 길이 얼마나 막막한 길인지
그 길이 얼마나 깊고 아득한 길인지

아련하게 구음이 들렸다

중학교 1학년, 세상은 온통 진리였으며
연둣빛의 잔치였으며 단 바람의 축제였다

제자에게 세상은 아직 겨울이었고 눈보라였으며
언 길 위의 칼잠이었다 그래서 택한
남씨 가문으로의 입적,
제자는 생부에게서 받은 이름 버렸다
길 위에서 얻은 이름이었다
제자는 생부 그리웠다

그리움은 원망도 되고 분노도 되었다
제자의 생부, 떠돌이 아비에게
처자식은 목에 걸린 가시였다
북의 명인 생부, 북은 밥이 되지 못하고
정이 되지 못했다
생부의 북소리 둥둥둥 자식 가슴 울리고
둥둥둥 세월 울렸다
정 그리운 길은 늘 어긋나고
그 끝은 서녘하늘에 가까스로 닿아 있었다

*

아버님, 들으셨습니까
하늘길 머물고 있는 제 스승 이야기
어떻게 세상 버렸는지

어떻게 벽 속으로 길을 내고

어떻게 쇳소리 밟고 갔는지

아버님, 들으셨습니까

제자 눈발 속 아련한 산맥 더듬는다

산맥 우람하여 사람들 정한 첩첩하게 품는다

아버님!

아버님 떠나고

어머니와의 불화 깊었습니다

젊은 아내는 제게 영혼의 거처입니다

굽이굽이 달빛 모롱이

돌아 제게 온 여자입니다

아내로 하여 제 가슴 오래 뜨거웠습니다

세월은 젊은 아내를 거칠게 밀고 갔는지

붉은 노을 물끄러미 보는 날 많아지고

아내 가슴 흐르고 있는 서러운 빛깔 알 듯해

목울대 뜨거워지는 날 많습니다

그런 날이면 해맑은 아내의 배 위에 세웠던

아릿한 세상 무너지는 소리 듣습니다

형의 아내였던 그 분은

한참이나 연상이었던 그 분은

길지 않은 결혼 생활을 숲처럼 조용했던 그 분은

안개꽃 은은한 향기의 세월을 살았던 그 분은

형에게 세상이 무엇인지 밝히 알려주던 그 분은

명문 여대를 나와 요정에서 잔잔한 미소였던 그 분은

형을 위해 깊고 그윽한 눈빛을 아끼지 않던 그 분은

그 후 일본인과 결혼해서

일본에 귀화했다고 들었습니다

풍문은 풍문으로 아리고

풍문은 풍문으로 서럽습니다

스승과 함께했던 숱한 세월, 이제는

스승 벗고 싶어 이 길 나섰습니다

스승의 길 따라 남행을 합니다

이 길 아버님 살아생전의 그 길이며

영원한 형의 길입니다

분분한 눈발 그치지 않습니다

이 길 끝에 무엇이 있겠습니까

허망하고 허망한 아버님의 젊은 날이나

젊어 스스로 목숨 끊은 스승

더 젊어 서러운 날들 혹 만날 수 있겠지요

아버님, 형의 쇠가락 저 차령산맥처럼 무겁습니다

우람한 산줄기 어느 광맥에 희미하게 남아 있는

쇠가락의 보이지 않는 결을 찾아

스승은 젊은 날을 그처럼 두드렸습니다

스승이 두드린 것이 어찌 꽹과리뿐이었겠습니까

분노를 두드려 하늘로 날리고

좌절을 두드려 강물로 흘리고

여심을 두드려 달빛으로 빚지 않았을지요

스승은 쇠가락에 미쳤고 쇳소리에 혼줄 놓은 채

쇳소리의 원형, 소리 결의 오랜 무늬를

계절 접으며 더듬었습니다

스승 가슴 용광로였습니다

용광로에 녹아 흐르는 쇳물에서

쇠가락 여린 음계 짚어나가던 스승이었습니다

그 쇠가락이, 쇠가락에 남아 있는 녹슨 지문이

스승에게는 벽이었습니까

닿을 수 없는 피안이었습니까

젊어 서러운 가슴이었습니까

아버님의 역마살, 그 광기, 스승에게

물려주신 깊은 뜻 저 모릅니다

스승은 부유하는 세상

부유하는 젊은 넋으로

이제는 흐려 보이지 않는 꽹과리 소리

낡은 소릿결 찾아 하늘을 헤매고 있겠지요

그 처연한 모습, 아버님은 천년을 보고 계시겠지요

부질없는 짓거리라고 수군거리던 달빛도

젊은 넋을 싣고 출렁이던 상여 그림자도

오, 그 많던 오열도 스승을 잊었습니다

난분분한 계절만이 형틀처럼 완강하게 버티고 선

차령 계곡을 스승의 쇠가락이 비명처럼 찢습니다

쇠가락에 찢긴 것이 어찌 계곡뿐이겠습니까

이제는 아버님이 형의 젊은 영혼 용서할 차례입니다

*

스승 눈빛 관솔불처럼 타올라 어둠 밝혔다

스승 깊은 밤 잠든 제자를 깨워 쇠가락 골랐다

스승 쇠가락은 불가사의였다

궁굴리고 박아치는 엇박 위에

마침내 번개 부르고 천둥 친 후 죽음 같은 고요였다
스승 신들린 듯 쇠가락 쳐 보이고는
제자에게 따라 치게 했다
뜬쇠들 자자 자자 잠 좀 자자 귀를 막아도
막무가내로 제자를 몰아붙였다

스승 장고가락 또한 불가사의였다
유년의 동무였던 장고는 꽹과리보다
스승의 폐부를 먼저 찌르고 들어왔었다
소슬바람이다가 이슬비이다가 폭풍이다가
마침내 폭우를 몰아왔다

스승 궁글채와 열채 번개처럼 몰아
신들린 듯 장고가락 쳐 보이고는
제자에게 따라 치게 했다

제자는 가슴을 열고 스승의 가락
새겨 넣지만 가락은 쉬이 가슴으로 들지 않아
번번이 가락 놓치고는 오줌 지렸다
가락 놓치면 목침 날아왔다

스승은 본능적인 청각의 일어섬을 원했다

한 번 들으면 획 하나 놓치지 않고 따라 들어오는

발 빠른 감각은 스승에게는 복락이었지만

제자에게는 재앙이었다 재앙은 밤마다 왔다

재앙은 겨울바람 얼어 잠들지 못하게 했다

서정리는 밤 돋우어 다듬는 가락으로

스승과 제자에게 기쁨이며 고통이었다

스승은 자신의 등 파고드는 채찍을

스스로에게 내리치고 있었는지 모른다

연주 힘들수록 의식은 깨어 있어야 하는 거다

연주 장소가 어디건 연주는 신성한 거다

그게 판굿이건 조왕굿이건 들당산굿이건 날당산굿이건

아니다 걸립이든 남사당 연희든

네 손에 잡힌 악기가 뭐든

꽹과리든 장고든 북이든 징이든

악기를 주관하는 영들이 흡족하게 놀도록

네가 먼저 신명이 올라야 하는 거다

제자에게 수없이 타이르던 스승이었다

서정리역, 경부선을 달리는 완행열차가 머물면

작은 역사는 어둠 속에서 잠시 눈을 들어 올린다

한옥을 넘어온 장고 소리

완행열차의 목쉰 기적에 얹혀 떠난다

역사는 어둠 속에 잠시 눕는다

대합실은 홀로 불 밝히고

신새벽 길 나서는 이들 기다린다

세설 내리기 시작한다

백색 세상을 열고 싶은가보다

걸립패 머무는 서정리, 태평소 뜬쇠의 사저

밤이면 왁자한 담배 냄새 발 냄새 자우룩한 단원들 숙소

매일 밤 쉿소리 장고 소리 한지 창 찢었다

찢긴 틈으로 언 달빛 스몄다

그런 밤이면 꽹과리 날고 장고 날았다

네가 그것밖에 안 됐던 거야?

네가 그러고도 내 제자야?

네가 잠 마귀를 이기지 못하고도 걸립패야?

제자는 장고와 꽹과리가 날아오는데도 좋았다

꽹과리 장고 날리고도 스승은 뒤끝 깨끗했다

쇠가락 속에 쇠가락이 있는 거다

아니, 네 가슴 속에 쇠가락 있는 거다

내 가락 속에 있는 게 아니라 네 가락 속에

힘으로 한숨으로 천둥으로 번개로

아니, 물소리로 바람 소리로 있는 거다

덤벙대지 좀 마라

숨결을 고르거라

들뜨지 말고 차분하게 꽹과리와 속삭이는 거다

네놈처럼 덤벙대면 꽹과리 입 꾹 다물어

그러면 끝난 거다

쇠가 소리를 주지 않는 거다

여인 숨소리 더듬듯 그렇게 은근하고 달콤하게 쇠를 치는 거다

옳거니, 그렇지 그 소리다. 그 소리

스승의 얼굴에 비로소 미소 번졌다

겨울 신새벽 서정리가 희붐하게 밝아왔다

세설이 한숨처럼 광장에 쌓이고 있었다

*

언 꽹과리는 겨울 걸립 밀어내며 쉬고 싶었다

그때쯤 쇳소리는 꽹과리의 테두리에서 벗어나며

비명이 되었다 채의 정공은 미끄러져 소리 한쪽

보랏빛으로 물들었다 그처럼 날카로운 비명으로

안주인 달래 부적 파는 일이라니

겨울 하늘은 낮아질 만큼 낮아졌으나

눈발은 걸립패 머무는 잔인한 땅 덮으려

검은 허공 떠돌며 서로 몸 부딪쳐 푸른 멍 키웠다

도시에서 도시로 쇳소리 풀어 안부 전하는 일은

겨울 내내 마음 시린 일이었다

안동 걸립은 보름 넘어 이어졌다

강추위로 낙동강은 수은주 아래를 흘렀다

걸립패 가슴마다 살얼음 얼었다

강모래는 날 세워 강바람과 맞섰다

강모래의 예리한 날 스쳐

강바람은 날개에 핏물 돋았다

강바람은 거칠고 거대한 새였다

강바람은 언 모래톱 갈기 세워 달려 나갔다

걸립패는 무연히 강바람 앞에 섰다

젊은 패거리들 붉은 볼을 긋고 지나간 강바람은

시장 골목으로 쑤셔박혔다

골목에 움츠리는 사내들 보였다

사내들은 사는 것이 서러웠다

강바람 닿기만 해도 살얼음 가슴 부서져

급류에 쓸려나갔다 예비사단에서 쏟아져 나온

전역병들 거리의 여자들에게 휘파람 불거나

시장 골목 점령하고 밤새 안동소주 퍼부었다

예비사단 정문에는 언제나 기약 없는 여자들

짧은 치마 속으로 강바람 들이고 있었다

낙동강은 기약 없는 여자들이거나 들뜬 전역병이었다

여자들 밤 되면 여인숙으로 들어 숨죽여 울었다

지친 패거리들은 여인숙에서 빈둥거렸다

스승은 안동소주로 낙동강 강바람 불러냈다

강바람은 소주잔 말아 올렸다

사내들 붉게 충혈된 가슴 말아 올렸다

걸립판 말아 올렸다

낙동강 강바람은 패거리의 모든 것을 말아 올렸다

쌀도 돈도 실리지 않는 걸립은 배고프고 초라했다

부적 파는 일은 가당치도 않아

안동이 양반고을임을 깨우쳤다

스승을 목메어 기다리는 여심조차

없는 땅이 안동이었다

강바람은 쇳소리 먹어 치우고

강바람은 장고 소리 먹어 치우고

강바람은 북소리 먹어 치우고

강바람은 마침내 징 소리 먹어 치웠다

안동은 걸립패의 유배지였다

유배지에서의 걸립은 소리 죽인 울음이었다

여인숙 긴 그림자 더러운 골목을 비껴가고 있었다

패거리들 하나 둘 널브러져 두고 온 땅을 구름인 듯 밟고 있었다

술판은 파장이었다

파장은 늘 신산했고

파장은 늘 쓸쓸했다

겨울 새벽 희붐하게 밀려왔다

청량리 행 기차 안동역을 출발하고 있었다

제자 마음 지축처럼 울린다

제자는 스승 눈빛 본다

붉고 강렬한 광기 서린 눈빛이다

스승은 안동역 광장 내려다본다

희붐한 새벽이 칼바람에 쓸려 골목으로 달아난다

패거리 머물고 있는 여인숙은 추웠다

걸립패만 뜨내기는 아니었다

장돌뱅이들, 소장수들, 임하나 영천에서 올라온

건달들, 창녀들 수시로 드나들었다

드나드는 사람들 얼굴에는 많은 이야기들 흘렀다

한낮이 되었는데도 여인숙은 조용했다

낙동강에서 솟구치는 맵찬 바람 역 광장 휩쓸고 갔다

교각에는 겨울 햇살 잠시 머물다 떠나고는 했다

그 밤 스승은 안성으로 떠났다

안동은 태백산맥 어딘가의 서러운 지명이었다

안성은 차령산맥 어딘가의 서러운 지명이었다

지명은 소문 없이 낡아갔다

사람들은 소문 없이 떠나고

더 절망적인 사람들이 흘러들어 왔다

산맥은 넓거나 좁은 품을 여럿 펴서 사람들 품었다

사람들 품어 지명 주고 지명 아래 아이 울음소리 놓이게 했다

사당이 살았던 차령의 이름 없는 계곡은 스승에게 신전이었다

신전은 이름 없는 땅 어디에나 세워졌다

여신은 줄에 올라 세상을 호령했으며

여신은 춤사위를 펼쳐 사내들을 녹였으며

여신은 선소리로 밤을 팔았으며

여신은 꽃술로 잠을 깼으며

여신은 갯가에 작은 돌무더기 신전을 남겼다
스승은 사당 속에 또 다른 신전을 세우고 있는 것이다

*

형이 겪었던 갈등 이제 알겠소
현대적 주법 따지고 박자 따지면
우리 가락 주눅 들어 더욱 웅크리는 걸
저들은 모른다며 형 가슴 치지 않았소?

형은 마음 판에 우리 가락 새겼소
그렇게 새긴 가락은
천 번을 울어도
만 번을 울어도
변하지 않았소
형은 오선지 위에 놓인 음표의 길이가
우리 가락은 되지 못한다고 안타까워 했었소
형의 오선지는 마음 판이었소
마음 판에 동그라미를 그리고
겹 동그라미를 그리고
세모를 그리고 네모를 그렸소
그것이 쇠가락의 여운이었으며 감동이었으며

흥거움의 원형이었며 그것들의

황홀한 현현이었소

동그라미 가락들

겹 동그라미 가락들

세모 가락들

네모 가락들

형의 마음 판에 조각하듯 새겨지면

형은 더늠으로 엇박으로 쇠가락 짚어 나갔소

소리와 가락의 천변만화를

어찌 오선지에 다 올려놓을 수 있겠느냐고

얼굴 붉히던 형이었소

쇳소리의 미세한 떨림에 쇠의 영혼이 있는 거다

쇠는 다루는 사람에 따라

튀기도 하고 절룩이기도 하고 가라앉기도 하는 거다

꽹과리 잡은 손의 운지 따라

채가 꽹과리를 지나가는 각도 따라

놋쇠 속 영혼 부르는 손길 다르고 음색 다른 거다

네 손끝을 건너오는 꽹과리의 영혼을 느낄 수 있어야

진정 뜬쇠가 되는 거다

세상은 손끝 건너오는 떨림으로 차 있는 거다

네가 내 제자 되어

내 손끝을 건너왔으며

나 또한 네 손끝 건너간 거다

꽹과리는 채의 손끝 건너갔으며

채 또한 꽹과리의 손끝 두려워 떨며 건넌 거다

건너간다는 의미의

두려움

설레임

숨막힘

네 쇠가락에서 찾아야 하는 거다

쇠가락에 대한 제자의 두려움 수십 년이었다

두려움은 스승을 위한 만가였다

쇠가락의 두려움은 두려운 삶이었다

자네

먼저 갈라는가

쨍거랑

맑은소리

맑고도 맑은소리

자네 먼저 갈라는가

우리 모두 소리 찾아

몸 고생 마음 고생

같이도 하였거늘

어찌

진정

자네 먼저 갈라는가

스승의 만가 제자의 언 가슴 파고드는데

쨍거랑 맑은소리

어느 방향으로 흩으며

스승의 만가 홀로 들을까

*

눈길은 계속된다

제자는 스승과 올랐던 청룡사를 눈 속에 오른다

청룡사 초입, 청룡호 묵묵히 눈발 받아내고 있다

언 청룡호 죽은 짐승의 눈 같다

묵묵하여 고요할 뿐

산새들 낙엽처럼 쓸려 날고

인적조차 끊긴 산문의 침묵을

언 호수에 묻는다

은빛 침묵의 길들, 산문 등 돌린다

청룡사 절 마당, 눈 멎었다

제자는 스승에게서 물려받았던

경기도당굿 채록 테이프를 꺼내 든다

오래된 테이프, 오래되어 스승의

말 없는 뜻으로 각인된 스승의 유품이다

신산하게 지난 세월

스승은 제자를 묶고 있었던 게 아니다

제자가 스승을 놓아주지 못했다

이제 망령으로부터 해방되고 싶은 것이다

제자는 테이프를 공손히 바쳐 들고

대웅전 앞에 서서 합장한다

형, 세상은 형이 생각했던 것보다 아름답게 변했소

형과 불화했던 형들은 사물놀이를 세계적인 음악으로 만들었소

다양한 시도, 벅찬 찬사, 성공적인 공연의 연속이오

나는 형과 그 형들이 불화했다고 생각하지 않소

전통예술에 대한 생각의 차이가 강을 건너게 했었소

모두들 한세상 잘 건너고 있소

세상은 형을 기억하지 못해서

형은 전설이 되었소

제자는 성큼성큼 청룡사를 내려와

청룡호 가운데로 든다

꽝꽝한 청룡호를 돌로 내리친다

쩌엉쩌엉 얼음 금가는 소리 골짜기를 울린다

마침내 호숫물이 솟는다

제자는 스승과의 마지막 묵언

스승에게서 제자에게로

전해진 경기도당굿 채록 녹음테이프를

얼음 구멍 속으로 밀어 넣는다

테이프는 한동안 세로로 박혀 떠 있다가

아쉬운 듯 느릿느릿 가라앉는다

제자 얼음 구멍 오래도록 본다

청룡호 작은 얼음 구멍 속으로

여러 인연들 사라졌다

많은 가락들 사라졌다

깊은 고뇌들 사라졌다

청룡호 깊푸른 물속으로 스승이 세운 신전의 돌기둥 가라앉았다

얼음 구멍으로 신전의 돌기둥 사라지자

스승의 얼굴 수면으로 떠오른다

환하게 웃는다

제자는 스승을 향해

두 번 절한다

스승 더 환하게 웃는다

눈발 멎은 청룡호 고요하다

제자 호수를 천천히 걸어 나온다

스승의 들리지 않는 가락을 걸어 나온다

5. 핏줄

내 아버지 설장고는

유랑극단에서 알아주는 레퍼토리였던 거다

아버지는 바람처럼 사라졌다

바람처럼 돌아와 몇 날이고 잠을 자다

부시시 일어나 나를 무릎에 앉히고

장고 가락을 가르치셨던 거다

내 여린 살과 뼈는 장고가락에

햇솜 물 젖듯 젖어들었던 거다

피내림이었던 거다

스승의 눈빛 아득하게 적유령산맥이나 노령산맥 닿아 있었다

끝없이 펼쳐진 산맥은 울울했다 스승 눈빛 속의 저 원시림

아버지는 원시림에서 원시림으로 불어가는 바람이었다

첩첩한 산, 산 감돌아나가는 산안개였다

어머니는 펄쩍 뛰셨던 거다

어린 새끼 유랑극단에 팔아넘길 생각이냐며 울먹이던 어머니

아버지 고집 꺾을 수는 없었던 거다

그날 쥐어준 장고채

내 운명 바꾸어 놓았다는 걸

하늘의 아버지 모르고 계실 거다

어린 자식 손에 쥐어준 장고

나는 밤낮 없이 두드렸던 거다

장고는 내게 어깨동무였던 거다

장고는 내게 세상의 전부였던 거다

장고 속에는 작은 새가 날았고

불꽃 파랗게 솟아올랐고

장고 속에는 물소리가 숨어 흘렀고

아이들 웃음소리 울려 퍼졌다

장고 속에는 아버지 껄끄러운 턱수염 있었고

어머니 가난한 앞치마 있었다

어머니는 내 장고

슬픈 눈으로 하염없이 바라보셨던 거다

스승의 장고 자라는 동안 찢어진 문틈으로

달빛이 무너져 들어왔다 생쥐들은 천정을

내달아 잠 속으로 들었다

산동네 매캐한 내음 스승의 잠 속으로 스며들었다

내 장고 소리는 아버지 숨결이어서
하루에도 몇 번씩 자지러지던 어머니였던 거다

스승은 어린 날의 기억 속으로 들었다
스승의 유년은 목소리 촉촉한 해질녘의 강물이었다

*

낙골의 장고 잘 치는 어린 스승 소문
집 근처 대방동 관음사에 먼저 알려졌다
관음사는 스승의 어머니 자주 찾는 절이었다
관음사에는 어린 스승, 재능 알아보는 스님 있었다
스님은 어린 스승 미래를 보고 있었던 듯
자주 까까머리 쓰다듬며 끌끌 혀를 찼다
어린 스승 어린 길 스승도 모르게 흔들리고 있었다
절 마당으로 낙엽이 굴렀다

스님은
파계승 화주에게
어린 스승 거두어줄 것을 당부했다

역마의 길이 어린 스승 가야 할 길이었다

그 애의 재능이 범상치 않습니다
화주님이라면 그 애 장래 꽃피우실 수 있겠지요
어린 것 들끓는 피가 두렵습니다

파계승 화주, 자신의 어린 날들 가랑잎처럼 날리는 걸 본다
유복자로 태어나 두 살 때 어머니 잃었던 천애 고아
무당의 양아들로 살아낸 아홉 살 애린 시절이 흘러가는 물 같아
눈시울 뜨거워지는, 그뿐인가 허기에 지쳐 무당집 뛰쳐나온 후
유리걸식으로 살아가던 날들, 그러다 석왕사 동자승으로
염불이며 공양이며 몰두하던 어린 날의
먹구름 같던 시절 떠올린다

스님, 내 한번 찾아가 보겠지만
어미가 아이를 내놓을까요?

피가 뜨거운 아이라면
소리의 세상 스스로 열어 갈 수 있을 것이다
파계승 화주, 어린 스승에게 자신의 어린 날을 겹쳐
눈시울 뜨거워진다

가난이 죄이지요

스님은 어린 스승 막막한 삶 쓰라리다

화주는 걸핍패 이끌고 있는 파계승
비나리와 독경의 명인
관음사를 근거지로 봄, 여름, 가을 걸립하고
겨울이면 재인 찾아나섰다
그에게 걸립 길은 거미줄 세상이었다
찰랑이고 찰랑여서 오랜 기다림의 끝
아침 이슬 굴러떨어지는 벼랑이었다
그 길 위에 화엄도 놓이고 묵언도 놓였다

*

파계승 화주 난곡동, 낙골로 불리는 달동네 찾았을 때
어린 스승 골목에서 해바라기 하고 있었다
골목 안은 더럽고 조용했다

네가 장고를 친다는 아이냐?
예
안으로 들자 장고를 쳐볼 수 있겠니?

어린 스승 장고 틀어쥐고 궁글채 열채 잡았다
이마에 파란 정맥 솟았다

내가 쇠를 치마

파계승 화주, 쇠를 치기 시작했다
쇠가락 방안을 울렸다 방안의 눅진한 공기
아연 생기를 띠기 시작했다
어린 스승 드르렁 따라 들어왔다
어린 스승 북편 채편 넘나들며 신명 났다
웃다리풍물 가락이었다
어린 스승 거침없이 따라왔다

자진모리에서 휘모리로 달아나도
어린 스승 신바람으로 따라왔다
콧등에 송글송글 땀방울 돋았다
신명 가락은 어린 스승에게 꿈이었다
뜨겁게 돌아나가는 콸콸한 피였다

*

저 아이를 제게 주시지요

무거운 침묵이 흘렀다

어머니의 작고 파란 입술은 완강했다

저 아이를 제게 주시지요

어머니는 허공을 응시했다

어린 스승 갈증이 났다

저 아이를 제게 주시지요

어머니의 아랫입술이 파르르 떨렸다

어린 스승 더 초조해졌다

저 아이를 제게 주시지요

어머니는 폭 꼬꾸라졌다

어머니의 어깨 작게 흔들렸다

그럼 허락하신 걸로 알고 아이를 데리고 가겠습니다

파계승 화주, 어린 스승의 작고 까만 손을 잡았다

어린 스승은 크고 두꺼운 화주 손잡고 따라나섰다

여린 어깨에 장고 걸려 있었다

해어름 긴 그림자 어린 스승 따라왔다

*

어린 스승 연희 거침없었다

소리를 감고 푸는 폼이 뜬쇠들 넘어섰다

쇠를 치던 장고를 치던 혼신으로 밀었다

소리에 실리는 작은 영혼의 빛깔 선명했다

연희 한마당 끝날 때마다 땅이 들썩였다

박장은 끝날 줄 몰랐다 그리고 긴 한숨이었다

박장은 잠시 드나들던 교문이 되거나 운동장이 되지 못했다

어린 스승 영기 끝에 꿈 매달 수 있다면 학교였다

여 선생님 하얀 손으로 타는 오르간 소리였다

만국기 펄럭이는 운동회 날, 가슴 두근거리며

트랙 도는 꿈이었다

그런 날은 쇠가락 엉켜 들었다

장고를 잡아도 신명 가라앉았다

소리가 겉돌고 손목 뻣뻣해졌다

화주, 어린 스승에게 언제나 너그러웠다

어린 스승의 눈은 맑았다

어머니 그리운 날은

어린 스승의 눈 커다란 호수로 차올랐다

호수는 작은 바람에도 출렁였다

바람 멎고 거울처럼 조용해진 호수에

챙강챙강 별빛 뛰어내렸다 그런 밤이면

어린 스승 오래도록 뒤척였다

언덕은 야트막한 잠이었다

어머니는 보일 듯 말 듯 한 미소로 채송화꽃 밀어 올렸다

어린 스승은 채송화꽃에 갇혀 어머니 불렀다

어머니는 대답 대신 희미하게 웃었다

떠돌이 예인의 길은 고달픈 것만은 아니어서

어린 스승 꿈결 같은 세월이었다

세월은 쌀이 되어

어린 스승 작은 어깨에 얹히기고 하고

세월은 돈이 되어

어린 스승 작은 주먹 속에 쌓이기도 했다

그렇게 낙골 달동네

어머니를 찾는 날은

푸르른 달도 두둥실 달동네

비추고 있었다

6. 가슴 건너는 사람들

송탄의 밤은 걸립패에게 축제이며 형벌이었다
패거리들 슬금슬금 빠져나가 미군 전용 홀 스며들었다
거대한 스피커에서 폭포처럼 쏟아져나오는 리듬은
젊은 패거리들 넋을 빼앗았다
송탄에는 모든 것들이 있었다
C-레이션, 캔맥주, 츄잉껌 그리고 양공주와
때로는 버려진 분홍침대가 송탄이었다

그미는 스승 옆얼굴 말없이 보고 있다

사는 게 거품과 무엇이 다를까 몸으로 몸 건너는 이곳
그게 거품 아니고 뭐겠어

그미의 말끝에 어둠의 덩어리가 달린다
스승은 스크린의 명암으로 사라졌다 나타나는
그미를 붉은 마음으로 긋고 싶었다
낭자하게 흐르는 마음을

그미의 아름다운 얼굴에 싣고 싶었다

이곳에서 착한 미군 만나 미국 가는 게 내 꿈이었어
그런데 꽝이야,
한번 흑인 여자면 여기서는 영원히 흑인 여자야

그미의 마스카라가 검게 흘러내리고 있었다
검은 강물은 스크린 속으로 사라졌다 나타나곤 했다

스승의 가슴에서 강물 쓰러지는 소리 들린다
그미는 검은 강물에 몸 밀어 넣는다
그미가 검게 출렁인다
앤딩 자막이 오르고 두 사람은 극장을 나선다

그미의 강물 어둠 속으로 흘러간다
스승은 밤하늘 본다
별들은 말없이 은하수를 건넌다
침묵이 무거워지는 시간이었다
그미의 검은 강물이 스승의 대지를 적시기 시작했다
송탄의 밤이 깊어가고 있었다
스승의 쇠가락에 취했던 송탄의 공주들은
스승을 차지하기 위해 친절하고 요염했다

그러나 스승은 아직 열여덟이었다

순수하고 정갈한 숫된 대지였다

그 밤은 강 하구로 떠내려가고 있었다

하구에는 간밤 범람으로 이루어진 작은 삼각주 하나

햇빛 받아 가늘게 눈뜨고 있었다

*

맵찬 바람 소매 끝 파고드는 초겨울이었다

송탄 시장바닥에는 외출 나온 미군들이 건들거리고 있다

건어물 산처럼 쌓여 있는 어물전 골목,

걸립패 한바탕 지나가고 있다

점포마다 길놀이 트고 비나리로 고사덕담 펼쳐

횡액 질병 막고 사업 운 빌고

점포마다 흥왕 기원해주니

걸립패 판굿 없이 지나칠까 점포주인들 안달이던 시절이었다

무동으로 소구치며 걸립패 따라나선 제자

파계승 화주의 손에 이끌려 온 어린 스승 처음 만나는 자리였다

파계승 화주 어린 스승 양아버지 될 새 화주에게 넘기며

목소리 떨었다 받아주지 않으면 낭패였다

물건이야, 장고면 장고 꽹과리면 꽹과리 못 하는 게 없어
이 녀석 이 발그레한 볼을 보드라고
인물치레 할 거구면

파계승 화주는 스승 어미와의 약속을 지켰다
어린 스승 새 화주 만났으니 굶지는 않을 것이다

어린 제자는 잘생긴 어린 스승이 좋았다
양아버지 될 새 화주, 어린 스승 얼굴 그윽하게 보았다
파계승 화주의 말이 흰소리만은 아니었다

나 아무 조건 없어
이 애의 기량이 하도 출중해서 그 패거리에 주려는 거지
정말 나 다른 뜻 없다구

파계승 화주, 양아버지 될 새 화주 안색 살피며 너스레 떨었다
새 화주, 못 이기는 척 어린 스승 받았다
속으로는 사내야, 고맙다 외쳤다

너 이 판 끝나거든 바로 들어가 장고를 치거라

어린 스승은 장고채 힘 있게 잡았다

어린 스승 첫날부터 걸립을 섰다

어린 제자 어린 스승 장고소리 속으로 몰래 길을 냈다

어린 스승은 어린 제자의 까까머리를 쓰다듬었다

어린 스승의 따스한 체온이 어린 제자에게로 건너왔다

그 따스함이 오래도록 두 사람을 묶는 질긴 끈인 것을

어린 스승과 어린 제자는 몰랐다

소리와 가락에 얽힌

인연은 질기고 질겨서

사제지간으로

형제지간으로

험한 세상 험하게 건너던 세월

돌아다보면

아득하고 험난한 길이었다

험한 세상 험하게 건너던 세월

돌아다보면

길들의 축제였다

*

아우야, 상주의 그녀는 참새처럼 떨었던 거다

스승은 꽹과리 소리를 가늠하며 제자를 건너다보았다
눈웃음 가득한 오후였다
제자는 광택 나는 꽹과리를 건너다보았다
꽹과리를 쥐고 있는 흰 손을 보았다
저 희디흰 손의 방랑 어찌 감당할까
저 흐드러진 쇠가락의 방황 어찌 감당할까

형은 여자들 앞에서 언제나 떨잖아
설렘이 없는 여인은 영혼이 없는 여인인 거다
그 많은 여인들 모두 영혼을 챙겨 떠났을까
나는 영혼이 없는 여인을 만난 일은 없는 거다

스승은 꽹과리의 변죽을 쓸었다
파장을 일으키며 달려나가지 못한 소리의 각질들이
우수수 떨어져 내렸다
스승이 여자의 향기에 머무는 동안
꽹과리의 변죽에는 죽은 소리의 각질들이 쌓여갔다

소리를 이루지 못한 소리 있듯
영혼을 이루지 못한 영혼 있어
스승 뜨거운 가슴 가장자리에
숨죽여 우는 밤이 있었을

그리하여 스승 가슴에 덧칠된
공허한 숨소리 듣는 제자였다

형의 쇠가락에 영혼 헌정하려던 여인들 나 다 기억 못 해

스승은 손가락으로 소리죽여 꽹과리 어룬다
스승에게 여인은 아니, 영혼은 무엇인가
스승의 예술혼을 일으켜 세우는 에너지인가
소리의 신과 조우하게 하는 영매인가
스승을 스승이게 하는 아니, 쇳소리를 쇳소리이게 하는
생명의 비의인가

여인은 영혼을 일깨우는 뜨거운 속삭임이었다
영혼이 영혼의 어깨를 어루만지고
영혼이 영혼의 눈빛을 마주 보고
영혼이 영혼의 서러움을 받아주는
영혼은 스승에게 짧아 서러운 봄밤이었다

*

충청도 걸립 마치고 다시 넘어간 경상도 상주 땅
달차근한 기억은 두고두고 아련한 통증이었다

온 산 진달래 붉어 스승 관절 눅신한 날이었다

화주의 비나리 절정 향해 나가고 있는 순간

스승은 그녀의 머루 알 눈빛 밟고 말았다

그녀는 기어코 걸립패를 따라나섰다

저, 미치도록 환한 사내 따라 나섰다

식탁에 눈물로 어리던 사내였다

온 산 불태우던 진달래 때문이었다

진달래 꽃불은 그녀의 가슴에 번져

거침없이 타오르고 있었다

꽃불은 그녀에게 비밀한 언어였다

꽃불은 그녀에게 해독할 수 없는 문장이었다

그녀는 쇠가락을 따라 몽유의 걸음으로 새재를 넘었다

스승의 쇠가락이 그녀의 곁을 맴돌며 녹지근하게 흘렀다

후암동 허름한 방 한 칸, 단꿈은

퇴색한 벽지를 황홀하게 칠해나갔다

그녀의 꽃다운 나이는 어둠 건너는 빛이었다

그녀는 스승의 고달픈 여정 위에 내리는 봄비였다

꿈길은 길지 않았다

봄꿈은 아련하여 진달래 꽃불 사위어 가고

진달래 꽃그늘에 음각으로 새겨지는 시간은

가혹했다 그녀의 웃음이 사라지고

서늘하던 말소리에 물기가 고이기 시작했다

 그녀는 쓸쓸하게 웃으며 진달래 꽃불 사위고 난 재를 거두어주
었다

                                   *

 일본 공연에서 열성적인 팬으로 다가온
 여대생은 스승의 마음을 세공할 줄 알았다
 현해탄 물길 위에 그녀의 미소 흩날리는 날 많았다
 높은 물길 넘나들던 열정은 스승이 현해탄에 서기를 원했다
 현해탄은 스승이 설 수 없는 물길이었다
 스승은 여인의 마음이 얼마나 깊어 현해탄을 담아내는지
 짐작할 수 없었다 그녀는 스승에게 거대한 물이랑이었다

 그녀가 손수 세공한 은제 라이터는 어디에 잠들고 있는지

                                   *

 여인들은 스승에게 영혼 헌정되기를 원했다
 스승은 어떤 여인의 영혼도 헌정 받지 않았다

스승의 영혼은 쇳소리였으며 쇳소리는 스승의 숨결이었다

스승의 영혼은 쇳소리의 보이지 않는 소릿결로

드는 문이었다 문으로 들면 낭자한 가락이었다

그 이후는 죽어도 좋을 신명이었다

여인들은 안개였다

안개 말을 귓속으로 밀어 넣고 안개 날개를 펴고 날았다

안개는 보랏빛 어둠 속으로 사라지며 스승 가슴을 그었다

안개에 그어진 가슴의 상처는 깊고 쓰렸다

안개는 꿈결이어서 아련했다

안개 사라진 후 드러난

육신은 황폐해져 있었다

안개는 스승의

발목을

무릎을

허리를

차오르며 소리의 울창한 숲을 지웠다

소리의 밑동이

소리의 줄기가

소리의 찬란한 잎들이

안개 속으로 사라지고

스승의 모든 것들이 사라지고

스승의 뼛속으로 보랏빛 어둠 차올랐다

소리의 숲을 경쾌하게 건너뛰던 정령들은

이미 떠나고 없었다

정령 떠난 스승 가슴은 사막이었다

사막에 어지럽게 난 모래 발자국이었다

모래 발자국은 모래바람에 쓸려 사라졌다

사라지는 것들의 세상은 막막했다

소리의 숲은 살아 있는 동안만 숲이었다

스승이 두려워한 것은 안개였다

스승이 두려워 한 것은 사라지는 소리의 숲이었다

형, 진심으로 사랑한 여자 있었어?

나는 두려웠던 거다 내 쇠가락 무너지는 게,

앞으로도 여자를 온전히 사랑하지 못할 거다

형, 모든 걸 던지지 않고 사랑이라고 말해서는 안 될 거 같아

스승은 꽹과리를 조용히 엎었다

스승에게 영혼은 무엇인가

어둠 속으로 사라지는 스승 뒷모습 쓸쓸했다

*

스승의 장례식에 어떤 여자도 나타나지 않았다

안개는 이미 걷혔으며 산하는 초록의 성찬이었다
여인들은 스승의 죽음을 인정하고 싶지 않았던 것이다
여인들에게 스승은 영원히 살아 있는 전설이고 싶었던 것이다

그 많던 꽹과리 소리들은 다 어디로 간 것일까

나뭇가지 사이를 에이는 차가운 바람으로 불어가고 있는 것일까
천지간을 흩날리는 분분한 눈발로 쓸려가고 있는 것일까

서운산 계곡 하염없고
바람 맵차다
세상 은빛으로 빛나고
모든 소리들 침묵 속으로 사라지고 있었다
은빛 남사당의 도시 안성에 이르자면
족히 두어 시간을 걸어야 할 것 같다

*

눈길은 걷고 걸어도 줄지 않았다

제자는 서운 벌 건너며 보랏빛으로 물드는 설산 보았다

설산으로 이어진 차령산맥

안성평야 가로지르며 서해를 향해 달렸다

서쪽 하늘 회백색으로 무거워지고 있었다

어둠은 빠른 걸음으로 안성평야에 닿고 있었다

겨울 해 대지의 부름으로 빛을 놓고 있었다

떠돌이 연희 패거리들 수없이 이 길 밟으며

보랏빛 하늘 보았을 것이다

오늘은 분분한 눈발 스승의 길 밝힐 뿐

길은 서운 벌판 한 치도 나가지 못하고 있었다

제자 마음의 깃 올려도

눈바람 맵찬데

안성은 아직 멀리 있어 보랏빛 장막이다

땅거미의 보랏빛은 바람이 깃을 접는 빛깔이며

별들 새끼발가락 슬며시 구름 속으로 밀어 넣는 빛깔이며

떠돌이들 침묵의 신발을 터는 빛깔이다

내혜홀, 낮은 땅이라는 뜻이라면

안성은 낮은 백성들 기 펴고 살 수 있었던

축복의 땅이었다

내혜홀 낮고 낮아

떠돌이 연희 패거리들 뼈 묻는 땅이었다

그 땅 보랏빛으로 물들어 기우는 어둠의 어깨에 기댄다

*

멀리 안성 시내를 덮기 시작한 보랏빛 어둠 속으로

성급한 등불 켜지기 시작했다

저 따스한 불빛 속으로

많은 사내들 아름답고도 서러운 길 낼 것이다

스승의 길에는 따스한 등불 켜진 일 없었다

울분과 격정, 스승의 길 떨게 했고

회한과 정념, 스승의 길 침묵 속으로 가라앉게 했다

영원한 떠돌이의 길

먼 먼 등불처럼 떨리는 길

물속처럼 소리 없이 가라앉는 길

제자 발걸음 무거워진다

하염없이 떠돌던 길

이처럼 뼈저려보기는,

스승과 동행이었던 길을 더듬어 갔던 오늘의 눈길

흐린 불빛 아래 처연한 모습으로 눕는다

제자 마른 가슴에 눕는다

7. 젊은 연희 패거리들

너희들이 뭐래도 나는 가는 거다

스승은 단호했다
이미 네 젊은이들 사이를 흐르는 말들은
서로에게 흉기였으며 상처였다
그 많던 박수소리들, 그 많던 휘파람소리들은
어둠 속으로 사라지고 없었다
한솥밥의 따사로웠던 숟가락들, 나누어 입던 옷가지들
어둠 속으로 사라지고 없었다

힘들게 설 수 있게 된 공간사랑
공연이 확정되었을 때의 환호는
젊은 연희 패거리 네 젊은이들 피를 들끓게 했다
장의사에서 장례 옷을 사 공연 복으로 입었던 기억이
스승의 머릿속을 쓸고 지나갔다
광기로 가득 찼던 무대, 이 한 번의 공연에
젊은, 네 사내들 미래 걸려 있다는 중압감 견디며

쇠를

장고를

북을

징을

두드리고 두드렸던

숨 멎던 순간이

지금 네 젊은이들 몸을 휘감는 것이다

스승은 눈물이 솟았다

마음속으로는 이렇게 떠나는 게 아닌데 아닌데

수없이 소리치고 있었다

그래 그대 말대로 우리가 어떻게 이루어 놓은 사물놀이패인지

나 잘 안다 그러나 나는 갈 수밖에 없는 거다

스승은 어금니를 굳게 물었다

어린 날 철없이 만나 서로에게 힘이었으며

희망이었으며 격려였던 젊은이들이었다

이 갈등까지도 더 높은 민중예술로 승화하기 위한

몸부림이었다고

웃으며 이야기할 날 올 것을 믿고 싶은 젊은이들이다

모두들 허탈했다

*

1978년 2월, 공간사랑,

'제1회 공간사랑 전통 음악의 밤'은

술렁임과 기대감 속에서 막이 올랐다

무대에는 네 젊은이가 불꽃 심지처럼 앉아 있었다

웃다리풍물은 관객들의 혼을 빼앗았다

남사당패에서 기량을 닦은 현란한 기교로

판은 달아오를 대로 달아올랐다

이 공연이 사물에 의한 '앉음반' 최초의 공연이었다

공연 내내 뜨거웠다

가능성의 열기였다 그리고 향내였다

향내는 관중들의 땀내였다

관중들의 입내였다

젊은 연희패들의 몸내였다

그해 4월, 공간사랑,

'제2회 공간사랑 전통 음악의 밤'은 첫 회의 술렁임을 넘어섰다

경상도 지방 농악가락의 흥겨운 한마당이었다

각기 다른 방향에서 타오르는 새파란 불꽃이었다

불꽃은 땅과 하늘을, 구름과 비를 불렀다

젊은 연희패들은 신들린 듯 두드리고 두드렸다

무아경으로 자신들 가슴을

무아경으로 자신들 젊음을

두드리고 두드렸다

그해 5월,

비로소 사물놀이의 원형이 탄생되었다

꽹과리, 장고, 북, 징을 일러 사물이라 하고

사물의 '앉음반' 연주를 '사물놀이'라 이름했다

사물 속에 우주의 모든 것이 생성되기 시작한 것이다.

내력 깊은 젊은이들이 한자리에 앉은 꿈의 무대였다

사물놀이패의 무대는 용광로였다

무대를 달군 풍물 가락은 충청도와 경기도 지방의 '웃다리풍물'

전라도 지방의 '우도농악' 경상도 지방의 '12차 농악'이었다

무속 음악 또한 젊은 연희패들 들뜨게 한 가락으로

'경기도당굿'의 서정적인 화랭이 가락에 흠씬 빠졌다

그뿐 아니었다

설장고의 신명 가락은 관중을 하나로 묶는 음양의 가락이었다

황홀한 순간순간을 무대에 수놓으며

웃고 울었다

무대는 광기의 도가니였다

미치지 않은 것이 없었다

젊은 연희 패거리들

영혼이 흠씬 젖어 무대를 내려왔다

청중들의 박수 소리가 아득히 들렸다

무대 뒤의 어둠 속에서

누가 조용히 웃으며 사라졌다

꽹과리와 장고

무대에서 불꽃 튀는 경연이었다

언제나 팽팽한 긴장감이 무대를 감돌았다

쇠는, 기세를 누르려는 장고의 빠른 리듬을

가파르게 잡아채며 솟아올라 치고 나갔다

장고, 쇠가락의 맑고 투명한 울림을 밀어 올리며

더 빠르게 채편 북편 혼신이었다

북과 징도 몰아의 경지로 올라섰다

혼신의 경연은 무대를 신들림으로 끌고 갔다

스승, 무아지경의 고통스런 환희에 빠지고

마침내 청중들 함께 빠져들어

공연장은 들끓는 쇳물이었다

소용돌이치는 강물이었다

접신의 광란이었다

쇳소리 장고 소리 멎으면 긴 한숨이었다

숨죽여 흐르는 강이었다

강은 정한이고 회한이었다

은하수가 낮게 내려와

가슴에서 가슴으로 흘렀다

은하수는 눈물이었다

기쁨으로 흐르는 은하수였다

끝 간 데 없는 우주 속으로 흐르는 영혼의 별무리였다

젊은 연희 패거리들 무대 내려서자 쓰러졌다

죽음과 바꾸어도 좋을 연주였다

*

내가 자네를 풀어준다

무슨 말, 나는 내 길을 갈 뿐인 거다

언젠가는 돌아오리라고 믿는다

그건 그대 생각일 뿐, 그대와는 결코 한길 가지 않을 거다

돌아오고 싶으면 언제나 돌아와라

이 길을 가면 그대와는 다시 만나지 않게 되기를 빌 뿐이다

아직은 입찬소리다

두고 봐라 나는 내 길을 가는 거다

스승은 영원히 돌아오지 못할 길을 갔다

뒤돌아보고 뒤돌아볼 길을 갔다

길은 배반이고 화해이며

길은 원망이고 희망이며

길은 죽음이고 환생이었다

*

내 쇳소리가 어디서 막힌 것인가

쇳소리의 어디를 뚫어야 내가 뚫리는가

스승은 고뇌했다

쇳소리의 미묘한 울림의 차이를

나는 어째서 넘어서지 못 하는가

내 엇박은 어째서 순박의 울림을 이끌어내지 못 하는가

스승은 절망했다

신들린 쇠가락을 받치고 있는 불변의 소릿결을

나는 어찌 찾지 못하고 혼돈 하는가

전통의 가락 속에 그것은 있는가

변화의 가락 속에 그것은 있는가

전통은 무엇이고 변화는 무엇인가

굳건한 전통 위에서만 새로움이 돋아나는 건 아닌가

스승의 절망은 생의 어둠이었다

*

반월 근처의 공방

몇 달째 스승은 공방에 박혀 있다

방짜 꽹과리는 두드리는 강도에 따라

소리가 다르다는 걸 아는 스승이었다

장인의 메질을 지켜보며

스승은 소리를 가늠한다

스스로 미친 짓이라고 말하며 같은 작업을 계속했다

영감님, 이번에는 금 꽹과리를 만드는 겁니다

소리가 어떻게 잉태되는지

소리가 어떻게 태어나 첫울음을 우는지

소리가 어떻게 대장장이를 배반하는지 실험해보는 겁니다

장인은 풀무질을 계속했다

젊은이, 이 풀무질의 속 깊은 의미를 알아야 대장장이요

쇠를 달구는 것만 풀무질이 아니란 말이요

세상사는 모두 이 풀무질로 달구어져

구부리는 거란 말이요 구부린다는 거

그게 젊은이가 말하는 예술이란 말이요

쇳물은 몇 번이고 뒤집히다 조용히 제 몸으로 돌아왔다

고요한 쇳물, 수억 년을 돌 속 희미한 광맥으로 누워 있던

소리의 원형질을 스승은 오래도록 응시했다

소리가 보이는 스승의 눈은 태고의 광맥을 더듬었다

결국 소리가 가 닿아야 할 곳은 그곳인 거다

스승은 혼잣소리를 했다

금 꽹과리는 높고 강한 소리를 숨기고 있었다

금의 농도에 따라 소리의 농도와 울림,

가슴 파고드는 강도가 다르다

정금은 소리를 부르지 않았다

순도는 소리를 외면했다

아니다 소리가 순도를 외면했다

금과 동의 환상적인 궁합의 비등점을 찾아서

스승은 풀무 앞에서 밤을 지샜다

소리가 폐부를 찌르고 드는 고음일 때

금의 비중이 높아졌다

부드러우면서도 강한, 높으면서도 낮은 소리의

음역을 찾는 일은

스승 필생의 난제였다

소리는 스승 한 생을 걸어도 이루지 못할

환상이었으며 허망한 꿈이었다

스승은 보았을 것이다

석질 사이에 광맥으로 눈 뜨고 있는 소리의 파장을

그 울림의 감동과 파열의 아픔을

소리는 어디에 있는가

어디에 어떤 몸으로 있다가

꽹과리의 부름에 저처럼 큰 울림으로 온다는 것인가

스승의 금 꽹과리 높은 가락에 장인은 고개를 끄덕였다

몇 만 번의 고뇌가 금 꽹과리에 담겼는가

스승은 완성에 이른 금 꽹과리를 껴안았다

스승은 눈을 지그시 감고

금 꽹과리를 잡았다

장인은 풀무질 멈추고 스승의 금 꽹과리에 시선을 던지고 있다

카앙 카앙 카앙 쇠가 울었다

쇳소리는 여리고 느리게

공방을 더듬었다 차츰 쇳소리가 달아올랐다

공방의 숨소리가 거칠어졌다

스승의 얼굴이 창백해졌다

스승의 숨소리, 한참씩 멎었다가 푸-하고 거칠게 내뿜었다

쇳소리 빠르게 공방을 돌기 시작했다

쇳소리 모루 위를 뛰기 시작했다

쇳소리 현란하게 공방을 휘돌았다

스승의 표정이 무섭게 차가워졌다

스승은 쇠가락에 몸을 맡겨 위태롭게 흔들렸다

쇠가락이 뜨거운 화덕을 들어 올려 파란 불꽃을 허공에 흩었다

스승의 얼굴은 파랗게 죽어갔다

무아경의 쾌락 속으로 영혼을 밀어 넣고

손목의 힘을 풀어 가슴팍을 두드렸다

가슴팍에서 불꽃이 일었다

쇳소리와 영혼이 하나로 허공을 날았다

쇳소리는 솟구치고 감돌고 움츠리고 펴고 숨고 내닫고

마침내 죽음이어서

저 쾌락의

저 강신의

저 황홀의

저 몽유의

저 열락의

저 환희의

저 파격의

공방은 마침내 침묵이었다

쇳소리의 여운이 장인의 손끝을 떨게 했다

스승은 쇳소리로 속으로 아득한 길을 내고 기절했다.

장인은 스승 얼굴에 찬물을 뿜었다

스승은 한나절을 누워 있었다

영감님이 말씀하신 구부린다는 것의 의미를 알 거 같습니다

구부린다는 게 새롭게 펼친다는 뜻인 거 알 듯 합니다

새로운 창조, 그게 구부린다는 의미인 거 알겠습니다

금 꽹과리로 더 구부려보겠습니다 영감님

몸을 추스른 스승은 금 꽹과리를 가슴에 안았다

영감님, 이번에는 더 큰 금 꽹과리를 만들어 봅시다

쇠가 크면 소리의 울림 여유 있어 나는 큰 꽹과리가 좋습니다

스승은 울림이 한 호흡 여유롭게 채 올라오는 쇳소리가 좋아

큰 연주에는 언제나 큰 꽹과리를 썼다

붉은 해가 풀무 속으로 느리게 들어선다

내일은 더 붉은 해가 풀무에서 나올 것이다

풀무 속으로 지고 풀무 속에서 뜨는 붉은 해를

스승은 견디기 어려웠다

서로 기대서지 못하는 해와 풀무와 쇠가락을

스승은 고뇌하는 것이다

생각하면 쇠는 쇠의 길을 가고

풀무는 풀무의 길을 가고

붉은 해는 붉은 해의 길을 가는 것이다

*

스승의 고뇌는 소리의 원형에 있었다

풍물의 원형은 무속 가락에 있다고 믿었다

스승은 동해 별신 굿판 넘나들었다

대관령 눈꽃에 취해 굿판 늦는 날은

만신의 불호령이 동해 검푸른 물결 일으켰다

스승은 화랭이로 꽹과리를 치며

무속 가락과 풍물 가락 겹쳐보며

당겨보며 밀어보며 한 몸살이었다

무악의 불협화음이 부르는 초혼의 애절함은

검은 바다를 긋는 칼날이어서

순간, 바다의 몸에 피가 번지기도 하고

바다를 은빛으로 도금한 열엿새 달빛이

속절없이 너울 사이로 무너지기도 했다

스승은 굿거리장단 경중경중 뛰며

초혼의 희디 흰 옥양목을 가르고 나갔다

혼령인들 저 애절한 가락 외면할 수 있을까

그런 날은 스승의 몸이 불덩이였다

접신의 순간들을 용케 넘기는 스승이었다

전율은 늘 스승의 가슴을 조여왔다

스승의 전율은

북소리에서도

징 소리에서도

장고 소리에서도

꽹과리 소리에서도

죽음의 전조로 왔다

긴장하는 근육 줄기마다

소리 없이 뚫고 들어오는 전율은

소름 돋게 했다

보이지 않는 소리 궁전이 있어

궁전의 기둥들이

북소리로

징 소리로

장고 소리로

꽹과리 소리로

우람하게 세워지고 있었던 것이다

그 소리 궁전을 돌아나가는 길고 긴 회랑이

소리의 여운이었다

소리의 여운, 그것은 접신의 환희와 두려움이었다

*

1984년 1월,

스승은 몸과 혼을 담았던 사물놀이 패거리를 떠났다

아팠고 쓰렸고 숨찼다 떠난다는 것은 고통이었다

스승은 국악원 수석 연주자로 새로운 길을 가게 되었다

스승은 사물놀이 패거리를 떠났으나 떠난 것이 아니었다

더 깊고 아프게 껴안은 것이었다

사물놀이 패거리들 눈빛이 늘 명치에 걸려 있었다

그 눈빛 지우기 위해 국악원 사물놀이패를 시작했다

스승의 쇠는 몸부림치며 처량하게 울었다

스승의 국악원 사물놀이 패거리들,

웃다리풍물과 아랫다리풍물을 아우르며

한 무대에서 두 풍물 연주했다

예술은 감동 아니면 파격이었다

한 무대에서 연주하지 않는 금기를 깬 스승이었다

스승에게 금기는 없었다

무엇이든지 구부려보려는 스승의 시도는 눈물겨웠다

스승에게 구부림은 새로운 펼침이었다

새로운 펼침을 위해 구부린다는 건

격을 깨는 일이며 더늠을 밀고 가는 일이며

새로운 길로 전통의 문양을

찾아가는 일이었다

새로움을 찾아가는 눈물겨움은 늘 공허했다

피 튀기는 기 싸움이 사라진 연주의 끝은 어둠이었다

스승의 쇳소리가 찌를 듯 솟구친들

이를 따라잡아 다독이고 아우르는 장고의 가락이 없는 연주,

한쪽 옆구리가 늘 비어 있는 공허한 연주,

가슴으로 연주하지 않고 손목으로 연주하는 기교의 연주,

소리 끝은 늘 허전하고 여물지 않은 열채가 스승의 허공을 날았다

팽팽한 긴장감이, 무언가 곧 터질 듯한 불안한 평화스러움이,

기우뚱한 균형미가 없는 연주,

소리들이 탄력을 잃으면 스승은 채를 놓았다

그만 쉬는 거다

그 쉬는 시간, 스승은 먼 울림의 숲을 달려갔다
소리의 숲에 울울하게 서 있는 미끈한 나무들, 가지들, 잎잎들
위에 미끄러지는 햇살의 눈부신 몸을 보고 있었다

소리들은 서로를 버팅기는 힘을 잃고 흔들렸다

스승은 점점 힘을 잃어갔다

*

힘을 잃기는 제자도 마찬가지였다
스승은 영원한 제자의 배경이었다
큰 울림이었다

배경을 잃고 흔들리며
눈길 간다
눈길 시린 길 간다
눈길 시린 길 마음 길 간다

8. 하염없는 길

스승은 강을 좋아했다

한강이었다

계절 따라 바뀌는 물빛이 좋았다

물여울에 한 서러움이 흘러가고

한 서러움이 밀려왔다

세월도 사랑도 저처럼 밀려오고 밀려갔다

오월 연둣빛 물빛

스승 가슴으로 흘러

스승 가슴에서는 언제나

한강 깊은 물소리 들렸다

강물 스스로 깊어져 소리 없이 스승 가슴 흘렀다

제자, 스승 유골 한강에 뿌렸나

형, 형이 하염없이 흘려보내던 강물이오

형 가슴에서는 언제나 강물 소리 들려 허망했지

한 소리 떠나면 한 소리 돌아오지만

형 가슴에서 강물 소리 끝없이 들려

나 형처럼 허망했던 거 형도 알거요

나 천둥산에 가지 않았소

천둥산 만신, 형 영혼 결혼시킨다고

형 유골 일부 천둥산으로 가져갔소

형, 나 오늘 취했소

어떻게 취하지 않고

형 유골,

형 꽹과리 소리,

형 끝없는 방황,

뿌릴 수 있겠소

형 뼛가루를 뿌리며

나 이제는 울지 않겠시다

눈물도 말랐고

세상도 말랐으니

푸르른 한강에 뿌려져

봄, 여름, 가을, 겨울 계절마다

물빛 따라 바람 따라 흘러가시오

이승 다시는 돌아보지 말고

흘러가시오

제자 흐느끼며 흘러가는 강물에 스승 유골을 흩뿌렸다

가락 흩뿌렸다

배반 흩뿌렸다

회한 흩뿌렸다

세상 흩뿌렸다

그날 쓸쓸히 흩뿌린 스승의 뼛가루 오늘도 한강 유유히 흐른다

*

형은 모든 인연들에게서

영감을 얻으려 했으니

형의 정처 없음이 눈물겹소

어느 곳에도 형의 새파란 영감은 없었소

새파란 영감은

다만 형의 전설 속에 숨어

형의 일생을 끌고 다녔소

형이 완벽하게 복원하고자 했던

꽹과리의 전통, 아니 풍물 가락의 원형은

아니 질펀한 연희의 원형은 어디에도 없소

그것 때문에 형 스스로 목을 졸랐다면

나는 형을 용서할 수 없소

원형이라는 게 무엇이오

형이 생각하고 있는 원형이라는 것도

그 시대에 누군가에 의해서 구부려진 가락이었을 것이오

형 이전에 형이 있었던 것이오

내 몸속에 형의 뼛가루 고통스럽게 때로는 행복하게

흐르고 있소

내 몸속으로 드는 형의 뼛가루는 따스했소

내 핏줄 속에는 형의 피가 흐르고 있소

나는 그게 한없이 자랑스러웠소

형, 이제는 서러운 하늘 떠돌지 마시오

오늘 눈발은 왜 이렇게 난분분한지 모르겠소

제자는 스승을 용서할 수 없었다

아니다 제자만이 스승을 용서 할 수 있었다

*

걸립패 웃음 질펀했던

안성 시내 가까워지고 있다

저 따스하고 환한 불빛들,

그 많은 불빛들 속에 스승과 제자의 불빛은 없다
그것 또한 연희 패거리들 서럽게 하는 불빛이었다
흰 어둠 속에 차령산맥 추연하다
얼마나 많은 젊은 연희 패거리들
저 산맥을 넘어 낯선 땅 낯선 하늘 떠돌았을지
제자 가슴으로 뜨거운 것이 올라온다

인연이란 참 불가사의한 것이오
형, 나 안성 남사당패 기술 지도를 맡아 일 하고 있소
밥이 있는 곳이면 어디든지
퍼질러 앉던 기억을 잊을 수 없수다

형이 남긴 글은 나를 오랫동안 괴롭힐 것이오

"예술은 인간의 가장 승화된 표현입니다. 삶에 대한 진실의 세계
가 극치를 이루는 것이지요. 거짓의 세계는 파괴적입니다. 예술이
밝히는 진실의 세계는 인정을 받기까지는 오랜 시간이 걸립니다.
예술가의 환상은 신이 그렇게 하시듯 돌과 풀과 모든 만물에 영혼
이 깃들게 하는 것입니다. 또 어떤 예술가는 긍정적인 논리보다는
'잔인함'과 '광기'를 이용하기도 합니다. 예술은 추한 것을 통해서
도 삶을 승화시킵니다"

공연장에서의 스승의 표정은

잔인함과 광기, 바로 그것이었다

잔인함이라니, 그것은 소리를 부르고 보내며

뒤돌아보지 않는 비정함일 것이다

쇠가 부서지도록 내려치는 강인함일 것이다

솟구치는 정맥의 꿈틀거림일 것이다

무아경의 그것일 것이다

버슴새, 한순간 정적처럼 머물러 소리들의

음색에 취하는 초월, 그것일 것이다

나는 형의 그 무아경의 섬뜩한 표정 두려웠소

오늘은 형의 그 고통스러운 환희가 보고 싶은 것이오

안성서 하룻밤 묵어야 하겠소

허름한 여관방에서 듣는

칼바람 소리 또한 형의 꾸지람일 것이오

먼 산맥 우는 소리 들린다

제자 눈길 간다

스승 가슴 길 간다

*

천둥산 기슭,

만신은 비지땀 흘리며 혼령 부른다

방울 부채 펴들고 겅중겅중 뛰면서 혼령 부른다

만신은 불려온 혼령 달래고 있다

잽이들 굿거리장단 점점 숨 가빠지고

만신 이마의 땀 연신 훔치며 혼령 달랜다

아가야, 이 불쌍한 것아

이만한 남자가 어디 있다고

너 그냥 가겠다는 거냐

이 영혼결혼식이 어떤 영혼결혼식인 줄을 너 모르는 모양인데

신랑은 이 땅의 내로라하는 예인인 걸

무식한 네가 어찌 알겠냐만

용모 준수하고 기예 출중해 살아생전

옷깃이라도 스쳐 보려는 처녀들

한 몸살이었던 거 너 들어 알 것이다

그러니 그렇게 모가지 외로 꼬지 말고

내 말대로 합방하거라

네게는 분수 넘치는 남자니라

그럼 이 불쌍한 원귀야

네가 왜 모가지를 외로 꼬고 있는지

그 이유나 들어보자

그래, 네 말대로 목매달아 죽은 영산 맞다

이 덜 떨어진 처녀 귀신아

네년은 어떻게 죽었는지 생각 안 나냐?

네년은 초하룻날 아침,

그것도 횡단보도 무단으로 건너다

과속으로 달리던 차에 치여 죽은

뺑소니 귀신 아니냐

네년은 무에 그렇게 살갑게 죽었다고

목매단 영산은 싫다는 것이냐?

아니다 아니다 너 그러는 게 아니다

네년 이 영혼결혼식 깨지면

몇 날 몇 달 몇 년을 하늘길 헤맬지 모르는 일 아니냐

어여 고개 돌려 이 잘난 남자 보거라

보라니까 그냥 가면 어떡하냐

이 못된 처녀 귀신아

만신은 기진하여 쓰러진다

잽이들 달려들어 만신 부축한다

좀 쉬었다 하시지요

도무지 처녀 귀신이 말을 안 들어요

목매단 귀신은 싫다는 거예요

만신은 머리를 절레절레 흔든다

*

형 먼 길 떠날 때 손 흔들어준 여자 없었소

나는 아직도 형이 하늘길 떠돌고 있을 것 같소

그게 형의 모습으로 형답다는 생각이오

안성천이 얼었구려

물도 저처럼 모양을 바꾸는데

산하도 모습을 바꾸는데

형과 나는 지난 수십 년

한 치도 바꾸지 못하는 바보였소

눈 쌓여 온통 흰 눈의 축제라오

형, 살아 있다는 것만으로

이승은 하루하루가 축제요

서른네 살의 회의를

서른네 살의 깨달음을

서른네 살의 귀천을

형, 서른네 살의 비극을

언제까지 끌고 가야한다는 말이오

나는 길들의 축제에 묻혀

형의 나이를 훌쩍 지나 이렇게 살아 있소

제자 언 안성천에 긴 그림자 끈다

스승과 함께 끌고 가던 겨울 그림자의 적막이 깊다

*

형, 가없는 하늘에 무엇을 물을 거요

형의 분노 묻겠소?

형의 가락 묻겠소?

형의 아릿한 세월 묻겠소?

형의 한스런 환상 묻겠소?

이제 모든 원망과 절망 묻고 그 하늘 떠나시오

불타는 눈빛을, 분노를, 서러움을, 기다림을

하늘에 묻고 떠나시오

나는 저 눈 속에 오늘 형의 길 묻고 싶소

형의 길 누구에겐들 아픈 길 아니겠소

내게 형은 피붙이오

제자 언 안성천 건너는데 쩌엉쩌엉

빙판이 비명 지르며 터진다

안성천 변,

묵묵하게 흰 눈 쌓이고

바람 소리만 천변 가득하다

추운 사람들 가슴에 머리를 묻고

빠른 걸음으로 골목 벗어나는데

들개들 떼 지어 천변 달려 나간다

순백으로 누워 있는 벌판으로

큰 바람 지나가며

언 눈 흩는다

이제는 모든 생각들 놓아야 하는 시간,

제자 어두운 하늘 우러른다

생각 멈출 듯 멈출 듯 눈발 날린다

9. 갈등, 그 아름다운 뼈

제자에게

세상은 파탄이었다

세상은 역류하는 강물이었다

세상은 혼돈의 뿌리를 더듬는 어둠이었다

세상은 서로에게 상처 주는 가시덩굴의 뒤엉킴이었다

어른들은 소문 없이 세상 뜨고

양어머니와의 불화는 계속되었다

제자, 평택으로 어른을 찾아간 것은

지쳐 있는 세상 때문이었다

어른은 스승에게 쇠를 가르쳤다

평택 웃다리풍물전수회관 옆 사저

노구 겨우 문지방에 기대어 앉았다

청력 잃고 필담으로 어린 날의 스승 불러왔으니

제자 눈시울 뜨거웠다

평택 웃다리풍물전수회관 전수자들 없이

쓸쓸히 저물어 가는 기둥 처연하다

연희마당 펄펄 날며 웃다리풍물 가락 몰아치던 어른

노구에 얹힌 세월의 덧없음이 눈물이었는지

스승 이름만으로도 말을 잇지 못했다

울림이든 발림이든 죽음을 건너

어떤 빛으로 스승 곁에 머물러

스승 영혼을 깨울까

*

자살하며 왜 꽹과리는 깨부순 것일까

쇳소리의 미답이 스승에게 남아 있어

그 미답의 소리가 스승을 벽으로 들게 한 것일까

스승의 귀를 비껴간 쇳소리가 있었던 것일까

스승의 가슴에도 닫힌 쇳소리가 있었던 것일까

닫힌 쇳소리를 열 수 없어 죽음으로 생을 전복하려 했던 것일까

쇳소리로 살아온 스승,

쇳소리로 죽음을 선택한 스승,

쇳소리, 그 설레는 소릿결의 비밀이 무엇이기에

스승의 목숨과 바꾼 것일까

쇳소리가 계절을 되돌리지 않는다는 걸

어째서 제자에게 숨겼던 것일까

제자, 목노에 앉아 연거푸 술잔을 비운다
술잔의 여울에 한 세월 열리고 한 세월 닫힌다

골목 비추는 가로등 아래 한 사내가 등을 구부리고 서 있다
흐린 창밖으로 멎었던 눈발 한숨처럼 내린다

*

스승은 광채 나게 닦아놓은 금꽹과리를 무릎 위에 올려놓았다
유난히 커 보이는 꽹과리,
중요한 연주 때마다 손에 잡혀 미더웠던 꽹과리였다
날더러 새로 시작하라고?
법통이 없다고?
내겐 내 쇠가락이 법통이야
그러나
그게 정말 법통인가 쇳소리 삼십 년,
쇠의 세미한 떨림에 밤 지새고
쇠의 세미한 떨림에 안구의 실핏줄 터지는 고뇌를
더 감당할 수 없구나
쇠마다 떨림 다르고
울림 다르니
그 미세한 떨림과 울림의

천변만화 내 어찌 감당할 건가

내 무엇을 복원하고

무엇을 구부렸는가

어느 가락이 내 가락이고

어느 가락이 전통의 가락인가

나는 어른들의 쇳소리 숨차게 쫓았을 뿐

내 울림 어디에 있는가

답답하고 답답하다

절망감이 스승을 짓누른다

스승은 가까스로 몸을 추슬러 베란다로 나간다

발작처럼 꽹과리를 베란다 바닥에 팽개친다

깨깽 꽹과리가 가파른 비명을 지른다

스승은 몇 번이고 꽹과리 팽개쳐 깨부순다

스승은 깨어진 꽹과리 앞에 무릎 꿇고 눈을 감는다

주르르 눈물 흐른다

그러기를 몇 시간인지

스승 일어나 또 다른 꽹과리 깨부순다

이마에 정맥 솟고 비 오듯 쏟아지는 어둠,

쏟아져 내리는 검은 눈물,

눈빛 벌겋게 충혈되고

붉은 입술 일그러졌다

저 잔인한 광기,

스승은 깨진 꽹과리들 던져두고

거실로 들어와 술병 찾는다

방안 어지럽게 나뒹구는 소주병들,

마른번개 아파트 창 비수처럼 가른다

*

스승은 얌전히 개켜놓은 이불 위로 올라선다

이불은 수천 계단의 제단이었다

제단에는 횃불 타오르고 신전 광장은 폭염으로 달아올랐다

텅 빈 광장,

작열하는 태양의 수수 억만의 빛살들 내려 박히는데

하얀 침묵이 쇳물처럼 넘친다

누구도 생각나지 않았다

깊은 물 속 같은 두려움이 밀려왔다

스승 자신의 숨소리가 달리는 기관차 소리로 귀를 울리고

잠간 사이 열광하는 군중들 광장 가득 메운다

광장에 쏟아져 내리는 빛살, 무수한 사람이다

제단 앞에 우뚝 선 스승은

금빛 꽹과리를 연주하기 시작한다

신들린 듯 쇠가락을 부순다

맑고 날카로운 영혼을 부수고

유리알 같은 태양을 부수고

빛살들 부수고 마침내

제단 부순다

제단이 쇳소리와 함께 무너지고

무너진 제단 앞에 우뚝 선 스승,

열광하는 군중들,

스승은 눈을 감는다

신전을 가득 채워 열광하던 군중들

썰물처럼 빠져나가고

무너진 제단 앞에 스승 홀로 섰다

짧은 순간 머리 위로 뜨거운 것이 지나갔다

그리고 모든 것이 멈춰 섰다

쇳소리도 멈춰 서고

서러움도 멈춰 서고

길도 멈춰 서고

밤도 멈춰 섰다

제자, 언 불빛 아래 오래도록 서 있다

어머니의 증오가 철썩 양아들의 뺨에 붙었다

증오는 불이었다

증오는 스승이었다

스승은 한때 무형문화재전수회관의 웃음꽃이었다

증오는 초여름 둔중한 햇빛이었다

어머니는 분이 풀리지 않았다

그 애보다 더한 명인들, 인간문화재들도

죽어서 들리지 못한 곳이 이곳이야

스승을 실은 영구차는 무형문화재전수회관 마당에서 길을 잃었다

스승의 마지막 길은 구차스러웠다

제자는 입술이 타들어 갔다

가슴에 숯불 엎어지고 있었다

이곳은 스승의 정신적인 고향

스승은 남사당패 꽃바람

제자는 복받치는 설움을 꿀꺽 삼킨다

네 놈이 어미 죽는 꼴을 볼 심산이구나

스승 마지막 가는 길은 생만큼이나

지난하여 제자 마음 저리다

어미가 영구차 앞에 눕는 꼴 보겠다는 게냐?

어머니, 노제는 예정대로 갑니다 용서 하십시오

네 놈이 미쳐도 단단히 미쳤구나

젊은 스님은 조용히 독경을 시작했다

향이 타오르고

모두의 슬픔이 타오르고

타오르는 슬픔 뒤에 침묵이 왔다

젊은 스님 독경 소리가 도시의 한 귀퉁이를 청아하게 울렸다

독경 소리에 스승의 영혼 깨어 일어나

서울 하늘 내려다보고 크게 웃고 있었다

스승의 웃음소리에 영구차 날개 돋았다

영구차는 남쪽으로 날았다

푸르른 청대숲 펼쳐지고 있었다

저 청대숲 가는 길이 그처럼 험난한 길이었다

누구나 한번 가는 청대숲인데

누구나 한번 듣는 청대 울음인데

하늘 나는 영구차에서 스승은

크게 웃는다 웃음소리는 쇳소리였다

낮달 빠르게 구름 뒤로 숨는다

*

성남 화장장, 눈부신 계절은 그곳에 없었다

스승의 시신 화구로 들여보내고

제자 울며 꽹과리 두드렸다

누군가 북을 잡았다

누군가 장고를 잡았다

누군가 징을 잡았다

사물들 스스로 울었다

스승이 울게 하던 사물들

스스로 울어 스승 보내고 있다

스승의 살과 뼈들 불길 속

장엄한 화엄의 세상으로 보내며

제자 가슴을 쳤다

불길 속에

젊어 서러운 육신이 살아난다

묵연히 감았던 눈을 뜨고

자신의 피부를 투명하고 붉게 물들이는

불꽃을 보고 있다

육신은 불꽃을 입고 찰랑찰랑 넘칠 듯 흔들렸다

육신이 담고 있던 온갖 소리들이

육신을 빠져나가고 있었다

어린 나이에 치고 나가던 꽹과리 소리가

먼저 빠져나갔다 쇳소리는 불꽃을 지나며

투명한 유리구슬로 변했다

투명한 유리구슬들이 육신을 덮기 시작했다

육신은 말갛게 익어 찰랑거렸다

붉고 투명하게 찰랑거리던 육신이

흰옷을 걸치기 시작했다

머리칼부터 부드럽고 가벼운 흰옷을 입기 시작한 육신은

조용했다

부피를 버린 육신은

길고 긴 침묵의 세계로 들기 시작했다

사물의 음색 다른 소리들이

긴 침묵을 덮어나갔다

육신은 조용히 눈을 감았다

붉고 영롱하던 눈빛이 흰색으로 변해갔다

피안에 이른 스승은 오욕을 불태워 얻은

가볍고 순결한 쇠가락의 뼈였다

가볍고 순결한 쇠가락의 재였다

스승을 이루고 있던

육신의 형체들

소리의 형체들

분노의 형체들

감동의 형체들

절망의 형체들

욕망의 형체들

스승의 몸으로 담고 있던

모든 소리들이, 모든 생각들이, 모든 형체들이

미립의 분말로

몸을 바꾸는 순간의

적요, 영원으로 가는 침묵의 순간

제자는 식지 않은

스승의 뼛가루 두 손으로 담아

입에 털어 넣었다

스승의 뼈는 따뜻했다

스승의 가슴은 따뜻했다

스승의 눈빛은 따뜻했다

스승의 말소리는 따뜻했다

스승의 쇠가락은 따뜻했다

따뜻한 스승이 입 안 가득 머물러

제자의 혀 위에 놓였다

제자는 꽹과리에 소주 한 병 따라

벌컥벌컥 들이켰다

술은 오월의 바람이었다

술은 오월의 태양이었다

술은 별리의 장에 찍는 마침표였다

스승은 부드러워져 제자의 핏줄 속을

돌기 시작했다

중모리로 중중모리로 돌던 스승은

자진모리로 휘모리로

제자의 핏줄 속에서 숨 가빴다

만개의 눈과 만개의 손과 만개의 발로
제자의 뜨거운 핏줄 속 돌고 돌았다

제자는 미친 듯이 꽹과리 울렸다
손목은, 아니 세상은 돌고 돌았다
스승 살아생전
너, 언제나 손목 잘 돌 거냐고
핀잔이던 세상이었다

단원들 울면서 따라 들어왔다

제자의 쇠가락 화장장 솟아올라 까마득하게 달아났다
단원들 거칠게 따라갔다
제자 이마에 정맥 불끈 솟고
쇠가락 더욱 숨차게 달아났다
마침내 쇠가락 피를 토하며
화장장 담벼락으로 넘어 박혔다

제자 꽹과리 집어던지며 오열했다

제자 화장장 마당에 벌렁 누웠다

눈물겹도록 푸른 하늘이 가없이 펼쳐져 있다

구름 몰려가는 하늘길이 보였다

저 길 어디에 스승의 무거운 발걸음 놓이고 있을 것이다

하늘길 어찌 다 걸어 그 별에 이를 것인지

제자, 뜨거운 눈물 하염없다

바람조차 납덩이로 화장장 마당 내려앉아 미동도 않는다

환한, 그리고 드높은
─김윤배 시인의 초상

홍신선(시인·전 동국대 교수)

1

세간에는 호남자, 상남자란 말이 있다. 종종 호남(好男)이라고도
일컬어진다. 사전적인 의미로는 '쾌활하고 씩씩한 잘생긴 남자'란
뜻이다. 김윤배 시인을 처음 만났을 때 나는 이 말부터 떠올렸었다.
훤칠한 키에 걸걸한 음성, 게다가 반듯한 이목구비는 영락없는 호
남형이던 것이다. 혹시나가 역시나였다. 그와의 만남이 잦아지고
이런 저런 면모를 알아갈수록 내 가늠은 틀리지 않았다. 감히 말하
지만 그는 우리 시동네에 흔치 않은 호남자였던 것이다.

이번에 그의 장시『저, 미치도록 환한 사내』가 단행본으로 상자(上
梓)된다. 이 장시는 지난 2012년 한 해 동안「길들의 축제」란 제목

으로 계간지 『문학·선』에 연재됐던 작품이다. 연재 당시에도, 장시란 독특한 갈래 탓도 있었겠지만, 관심 있는 독자들에게 큰 주목을 받았었다. 이번에 나는 이 작품을 다시 통독했다. 우선 제목이 달라진 것에도 주목했다. 왜 「저, 미치도록 환한 사내」일까. 글 머리에 호남자를 들먹인 그대로 김 시인은 그 사내에게 자신의 자아를 은연중 투사코자 한 건 아닐까. 나는 그런 생각부터 떠올렸다. 이 장시는 김용배란 한 예인의 신산한 생애를 그린 작품이다. 특히 그 예인의 예술혼을 탁월하게 드러내고 있다. 온 나라를 출행과 걸립으로 누비며 '완미한 쇳소리의 원형'을 찾고자 한 주인공의 각고에 찬 생애. 아마 그 예술혼은, 읽기에 따라서는, 시만을 평생 이고지고 모시고 산 시인 자신의 예술혼은 아닐 것인가.

김윤배 시인과의 첫 만남은 안양의 어느 초등학교 교장실이었다. 시를 쓰는 교장 선생님-시인 교장 선생님이란 내게는 묘한 매력의 존재였다. 청마 유치환 역시 시인 교장 선생님으로 살았다지만 나와는 너무 먼 세대의 인물이었다. 막연했지만 그런 매력과 친근감 탓이었을까. 일행 몇 사람과 나는 급습이라도 하듯 그를 학교로 찾아간 것이다. 수인사를 나누고 우리는 집기들이 정연하게 놓인 집무실에서 융숭한 차 대접을 받았다. 첫 만남이다 보니 학교업무나 시동네 얘기가 주된 화제였다. 그렇게 우리는 일상적인 가벼운 대화만을 수인사 끝에 나눴다.

김 시인과의 연을 나는 두 가닥으로 꼽곤 한다. 한 가닥은 수원 화성을 중심으로 한 지연(地緣)이고 다른 한 가닥은 사당패를 중심 한 여행길의 길벗이 된 연이 그것이다. 알려진 대로 사당패는 여행 중심의 시인들 모임이었다. 학교에서 일하는 이들이 대부분이어서 주로 방학을 이용한 여행을 했다. 그러나 여행의 기억은 내 경우 여러 번 겹치고 뒤섞이다 보니 늘 확연치 않다. 다만 지금도 선명한 것은 울진의 김명인 시인 댁을 찾았던 경우 정도다.

아무튼 여러 계기와 연으로 만난 김윤배 시인은 자기 절제가 대단하다는 것이었다. 그 절제와 자기관리란 나로서는 족탈불급이었다. 새벽 세 시면 일어나 시와 논다라든지, 일과처럼 새벽 운동으로 건강관리를 하는 일 등등은 나로서는 뒤쫓기 힘든, 부러운 일이 아닐 수 없다. 이 절제된 정신에 과연 술이 끼어들 자리가 있기는 있었을까. 김 시인은 술이 좀 약한 편이다.

"사당 모임 탓에 술이 많이 늘었어"

그는 술판에서 이따금 이런 술회를 한다. 그러나 그 늘었다는 주량도 실은 위스키 두서너 잔 술에 지나지 않는 것. 나는 그가 술 탓에 실수란 걸 했을까 싶다. 일련의 이 같은 그의 절제와 자기관리를 두고 나는 저 정지용의 말을 떠올리곤 한다. '안으론 열(熱)하고 겉으로 서늘하다'는 언술이 그것이다. 시인은 서늘해서 외양을 결코 흐트리지 않고 안으로는 뜨거워서 열정과 가열찬 정신을 작품에 담을 마련이란 것. 영락없는 선비상인 것이다.

2

이번 장시에도 김윤배 시인의 그런 성품이 그대로 드러난다. 우선 그 시 문장들이 그렇다. 그 문장은 짧은 단문들이어서 숨 가쁠 정도로 속도감 있게 읽힌다. 이는 호남자로서의 열(熱)한, 또 활달한 기질 탓이기도 하겠지만, 나는 그 속도감을 저 주인공의 타악기 연주―빠른 쇳소리의 리듬을 그대로 재현코자 한 것은 아닐까 생각한다. 장시의 주인공 '스승(김용배―필자의 추정)'은 어려서는 장구, 성인 시절엔 주로 꽹가리를 일관해 쳤던 예인이기 때문이다.

길이 밥이고 길이 꿈이었던 스승은 어려서부터 타악기 연주에 타고난 재주를 드러냈다. 역시 유랑극단 예인이던 아버지의 재주를 그대로 물려받은 탓이었다. 뒷날 사물놀이패의 뜬쇠가 된 그의 솜씨는 남달랐고 그렇게 그 분야에서 걸출한 재인이 된 것이다. 결국 타악기 쇳소리에 녹아든 그의 삶을 드러내는데 이 같은 문장 스타일은 더없이 적격이었던 것 같다.

가늠컨대 이 같은 시적 의장(意匠)은 김 시인 나름의 특장(特長)일 터이다. 여느 시인치고 작품에 그 나름의 의장을 고심하지 않는 경우란 없을 것이다. 그러나 장편이란 긴 분량과 서사를 아우른 장시의 경우, 이 같은 의장은 전체와 세부가 마치 사궤물림처럼 짜여져야 할 마련일 것이다.

김 시인의 이번 장시에서 두드러진 의장 하나를 더 지적하자면 이렇다. 곧 장시 전체를 단락 단락(segment)으로 짠 구성 방법이 그것이다. 이들 단락은 비유하자면 깨진 거울 조각 같은 것들이다. 이경우 거울 조각들은 대상의 전체를 비추는 게 아니다. 그보다는 대상 전체를 비추던 상태에서 깨진 조각들이어서 대상의 일부, 곧 부분만을 각각 비추는 조각들이다. 하지만 그 조각들이 모여 본래 전체 거울이 되면 대상 역시 온전히 그대로 비춰진다. 여기서 이들 거울 조각들은 시인의 선택과 집중을 통해 텍스트에서 생략되기도, 선택 제시되기도 하는 것.

이 거울 깨기의 방법론은 시간과 공간의 축에서 먼저 확인된다. 우선 '스승'의 일대기와 사후 20여 년에 걸친 '제자'의 긴 시간이 선조적인 순차를 깨고 배치된다. 공간 역시 깨진 시간을 따라 서울, 안동, 안성, 평택 등등 숱하게 엇바뀌며 제시된다. 출행과 걸립으로 왼나라를 떠돈, 행정(行程)에 걸맞는 공간을 장면화했기 때문인 것이다. 이런 시공간을 조각난 거울인 듯 짜 맞춰 복원할 때 저 장시의 일련의 전체구도—스승과 제자의 생애사들이 확연하게 드러난다. 이른바 깨진 거울의 기법이 돋보이는 것은 이 때문이다.

장시 「저, 미치도록 환한 사내」는 한 예인의 생애를 기록한 것이다. 흔히 한 인간의 생애를 다룬 경우는 객관 사실에 근거한 서사를 축으로 삼는다. 이는 서사시 일반이 보여주는 시적 틀이기도 하다. 그러나 김 시인의 장시는 이런 서사시의 틀을 단연 도외시하고 있다. 인물과 생애적 사실들 위주보다는 등장인물 간의 대화나 일련의 삽화들, 그리고 화자의 주관적 정서적 반응이 집중적으로 표출된다. 말하자면 인물과 그의 생애사(生涯事)는 가급적 뒤로 놓이고 주관적, 정서적 진술이 보다 전경화되고 있는 것이다. 이는 내면심리를 축으로 한 서정시의 영역이기도 한데, 화자의 진술에서 환유나 은유 등 시적 수사가 빈번한 탓도 클 것이다. 가늠컨데 바로 이런 점이 이 작품을 장시로 갈래 잡은 이유는 아닐까.

알려져 있듯 근대시 이후 서사시와 장시는 그 명칭과 갈래 규정이 뒤섞여 왔다. 이는 장편이라는 작품의 규모 탓이 클 터이다. 지난날 김동환, 임학수, 김해강, 신동엽 등등의 선편 시인들이 누구는 서사시, 누구는 장시라고 제각각 일컫지 않았는가. 하지만 서사시는 사실과 사건을 중심으로, 장시는 서정성을 축으로 삼는다는 갈래 구분은 일단 가능할 것이다. 실제로 김 시인은 지난번 장시 「사당 바우덕이」, 「시베리아의 침묵」도 장시로 갈래 규정을 했다. 이러한 갈래 의식은 이번 장시에서도 그대로 나타나는 셈이다.

말이 난 끝에 한 가지 사실만 더 지적해 보자. 이 장시에는 등장인물들이 구체적인 인명보다는 주로 인칭대명사나 추상적 호칭들로 등장한다. 이를테면 스승, 제자. 그미. 형, 아우, 화주, 스님 등등이 그것이다. 말하자면 익명성의 존재들로 제시돼 있는 것이다. 이 작품에서 스승과 제자는 실은 형과 아우 관계이기도 하다. 이 아우가 주로 형이자 스승인 주인공에 대한 대부분 진술을 도맡아 한다. 물론 일련의 정황과 생애사 등을 작품 전반에 걸쳐 진술하는 화자도 별도로 있기는 하다. 그러면 왜 구체적인 인명들이 보이지 않는가. 이에는 등장인물이 많지 않다는 탓도 있을 것이다. 곧 비극적 인물이자 주인공인 김용배에게 모든 것을 집중시킨 때문일 것이다. 그러나 나는 보다 근본적인 원인으로 민중 예술인들의 숙명에 기인한 것이라고 가늠한다.

두루 알려졌듯 18세기로부터 조선조 신분사회 하에서 남사당패를 비롯한 일련의 예인집단들은 기층민이었다. 그들은 개인보다는 집단을 이루어 출행하고 걸립을 하며 연희를 펼쳤다. 그래서겠지만 그들에게는 개인을 특정하기 위한 이름이 크게 중요하지 않았다. 이런 유습 탓인가. 근대에 들어와서도 이들의 사회적 처우나 관행은 크게 달라지지 않았다.

일반적으로 누군가가 구체적인 이름으로 호명된다는 것은 그 정체성이 정립돼 개별화되는 것을 뜻한다. 그 단적인 예를 우리는 서구 근대 자본제 사회에서 마치 상품 브랜드처럼 시인 작가들의 이름이 호명된 사실에서 볼 수 있다. 헌데 지난날 민중 예술인들은 개인보다는 집단으로 연희를 해왔고 게다가 기층민이란 신분 탓에 굳이 개인 호명을 하지도, 할 필요성도 없었던 것은 아닐까. 이들의 익명성은 대개 이런 연유는 아닐른지. 특히 현대적 변용보다는 전통 묵수(墨守)가 강한 이 연예계 인물들에 있어서랴.

그렇다. 김 시인은, 이상에서 보듯, 이 작품에 얼마나 치밀한 나름의 구도와 의장을 꾀했는지 나로서는 주목하지 않을 수 없었다.

3

김윤배 시인과 나는 갑장(甲長)이다. 이는 그와의 교유가 잦아지면서 자연스럽게 안 사실이다. 굳이 이런 사적인 고백까지 하는 까닭은 이렇다. 두말할 필요 없이 동갑내기란 같은 시대, 같은 사회적 환경을 공유하는 관계인 것. 그와 나는 보릿고개로 소환되는 저 산업화 이전 농업사회에서 유소년기를 보냈다. 궁핍한 시절 그 소년기에 김윤배 시인은 사범학교에 진학했을 터이다. 당시 사범학교란 지역사회의 수재들이나 입학할 수 있던 특목고임은 지금도 아는 이들은 다 아는 일. 그렇게 교직에 몸담게 된 그는 얼마 뒤 수업교사보다는 관리직으로 돌아섰다. 그와 수인사를 나눈 안양의 한 초교 교장직도 그러했고 이내 장학관으로, 이어서 한 지역의 교육장까지

역임한 사실이 그것이다. 굳이 이런 이력을 짚는 데는 그의 남다른 인품과 능력 때문이다. 그는 이런 이력을 통해 남다른 절제와 제반 업무에서의 치밀성을 체화(體化)했을 마련이다. 나는 이런 점을 시와 직업 간의 선순환 고리라고 이해한다. 때로는 보헤미안적인 삶으로, 때로는 사회적 규범에서의 일탈로 살았던 일부 시인들의 삶과 견줄 때 이 같은 생애란 영 남다른 것이 아닐 수 없다. 그가 이즘 남들이 별로 관심을 덜 둔 장시에, 그것도 치밀한 의장과 방법론으로 진력한 것도 실은 그의 저 이력이 상당 부분 결과한 일은 아닐까 싶다.

끝자락에 한 가지만 더 덧붙이자. 시랍(詩臘) 40여 년—김윤배 시인의 시업은 단형 서정시편들과 장형 시편들, 두 기둥으로 이뤄져 왔다. 특히 나는 그의 장시들이 보여온 시적 성취가 우리 현대시사에서 정당하게 평가되기를 기대한다. 일찍이 「국경의 밤」, 「홍천몽」, 「금강」 등등의 선편 작품들도 있지만, 일단의 민중 예술인들을 다룬 김 시인의 탁월한 시적 성취는 가히 독보적인 것이 아닐 수 없기 때문이다.